業物語

ワザモノガタリ

西尾維新

NISIOISIN

BOOK & BOX ORIGINAL DESIGN by VEIA

殘酷童話　國色天香姬

第零話　雅賽蘿拉・宴饗

BOOK&BOX DESIGN
VEIA

ILLUSTRATION
VOFAN

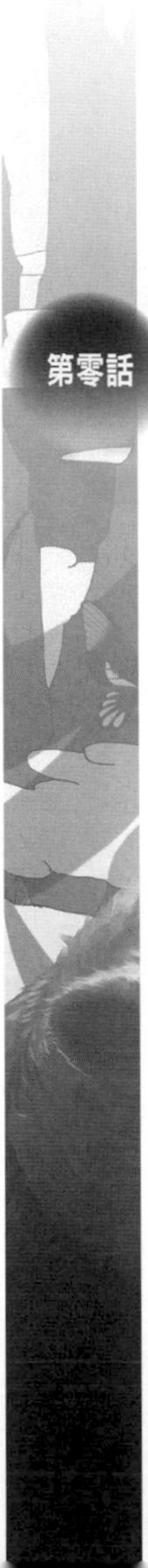

第零話　火憐・逢我

第零話　翼・沉眠

殘酷童話

國色天香姬

接下來要說的，是大約六百年前真實發生的往事。不過希望各位當成虛構故事來聽。畢竟這段故事久遠到難以讓人信以為真，而且這種沒有啟發又沒有救贖的故事，當成造假肯定比較好。

約六百年前，在如今不再留名於任何地方的某個國家，有一名美麗的女孩。她是出生於富裕貴族家系的獨生女，她的美在國內無人不知，幾乎所有家庭都掛上她的肖像畫。

柔順的金髮，瓜子臉加上大大的雙眼，鮮紅的嘴唇，柔細的頸子，清透的肌膚，白皙的手指，柳腰的位置比常人高，窈窕的曲線就這麼延伸到修長的雙腿。

男女老少不分貴賤，全都為她著迷。她只憑美貌就受到皇帝陛下頒賜稱號，全國人民稱她為「國色天香姬」，十分疼愛。為了一睹傳說中的她，國民大排長龍要進入她居住的城堡，為「國色天香姬」遠超過期待的無上美貌獻上禮物。城堡前方每天堆起贈禮的小山。

「我將公主的美寫成曲子，請收下。」

音樂家說完拉起小提琴。

「我將公主的美寫成詩篇，請收下。」

詩人說完高聲朗讀作品。

「我將公主的美做成雕像，請收下。」

藝術家說完雕刻一百具人像。

不過，任何贈禮都無法讓公主展露笑靨。她非常憂鬱地注視禮物山，卻因為面帶愁容的樣子過於美麗，所以沒有人察覺她沒笑。

「沒人願意好好看我。」

公主獨自在房中嘆息。

「雖然稱讚我美麗，卻沒有進一步說些什麼。我是什麼樣的人，那些人一無所知。不知道我的內在。」

這就是「國色天香姬」的煩惱。

確實，所有人都著迷於她的美，稱讚她的美。眼中以她為第一優先。不過就只是觀看與欣賞，像是她做了什麼、她說了什麼，她的一舉一動都完全沒看在眼裡。

沒人知道公主的內在。沒人試著知道。

無論她做什麼，無論她說什麼，感想總是只有「好美」兩個字。即使成功或失敗，即使做了好事或壞事，評價也總是一樣。做什麼都美麗。醒著或睡著都美麗。「國色天香姬」這稱號給得真好。

此等美貌，簡直是魔性吧？

「這麼一來，我有沒有自己的意志都沒差吧？我不是只求大家看我的奴隸。碰巧得天獨厚的美貌只會礙事。我希望大家不只看外在，要多看看我的內在。」

不依賴自己的美貌。自古以來住在這個國家的巫婆，被她偉大的志氣感動。

巫婆原本只是聽到傳聞之後，在深夜溜進城堡想滿足好奇心，但她決定實現公主的願望。

「國色天香姬，我會將妳的美貌改成沒人看得見的透明色。相對的，會讓周圍的人們看見妳的心。今後眾人審視的將是妳的內在。」

巫婆詠唱咒語揮動魔杖之後，公主清透般的肌膚，真的變成清透得看得見內在。

「謝謝您，謝謝您！」

「國色天香姬」由衷感謝。

她這份感謝的心也如願暴露在外。

去除外在的美而外露的公主內心，美麗得不是以往能比。至今被絢麗外表覆蓋遮掩的公主人品，以巫婆的魔法化為實體，即使公主待在城堡，她的光輝也遍及全國各地。

公主的父親因為一直沒看見女兒內心如此美麗而感到羞恥，在早晨道早安的下一瞬間，從陽台一躍而下懲罰自己。公主的母親因為生下志向遠大的女兒而感到驕傲，如同光是如此就完成自己生在世間的職責，在吃完早餐之後安詳離世。「國色天香姬」的溫柔，音樂家認為實在無法以曲子表現，他想得到匹配得上的禮物，是將自己最重要的東西、比生命還重要的東西，也就是用來彈奏樂器的雙手砍下來獻給公主。「國色天香姬」的智慧，詩人認為實在無法以詩篇表現，他想得到匹配得上的禮物，是將自己最重要的東西、比生命還重要的東西，也就是用來吟詩的舌頭扯下來獻給公主。「國色天香姬」的勇敢，藝術家認為實在無法以雕像表現，他想得到匹配得上的禮物，是將自己最重要的東西，比生命還重要的東西，也就是用來鑑定材質的雙眼挖出來獻給公主。

國民紛紛將至今珍藏的公主肖像畫放火燒掉。他們質疑自己為什麼將這種無聊的東西當成寶貝高掛。不如看看「國色天香姬」的高尚與正確吧。世間居然存在著如此高貴的心，那才應該叫做真正的美貌。

然而並不是所有人都擁有比生命還重要的東西。所以他們逼不得已，即使不是本意，即使認為這種東西完全匹配不上，還是將生命獻給公主。獻出自己的生命、親兄弟的生命、兒子的生命、孫子的生命。在城堡前面堆起的不是禮物山，是屍山。不必多久就堆到高過城堡。

「啊啊！何等悲劇！居然會變成這樣！」

看到自願獻上的屍山血河，公主感到絕望，拜訪巫婆想請她解除魔法。然而為時已晚，最先接觸到公主內在的巫婆，已經將比生命還重要的東西，將長年累積知識的頭顱獻給公主。面對巫婆的人頭，公主泣不成聲。

如此引人同情的模樣，為他人流淚的美麗心腸，使得國民更為她著迷。眾人爭先恐後將自己的生命，或是比生命還重要的東西獻給公主。為了安慰公主，他們接二連三帶著笑容離開人世。能夠不被外表迷惑，接觸到真正美麗的內心，並且為這樣的內心死去。這樣的他們看起來好幸福。

愈蓋愈高的屍體之山，不，應該說屍體之城，當然以惡名的形式傳到王都與鄰國。但即使是趕過來的軍隊，近距離感受到「國色天香姬」的威光之後，這種先入為主的觀念與偏見就悉數去除，內心獲得洗滌，勇於自願成為這座屍體城堡的一部分。

「我受夠了。大家都死了。大家都為我而死。可是我救不了任何人。我做愈多事，說愈多話，就有愈多人死去。我已經想要一起死了。」

但是死不了。公主的堅強內心不允許她這麼做。公主甚至無法拋棄理智。

「那就外出旅行吧。」

此時，巫婆的人頭說話了。公主落下的淚水引發奇蹟。巫婆只在短短一瞬間復活。

「妳的心美得超越魔性。為妳而死的人們，或許總有一天可以得救。在那之前，你就遠離人群吧。不和任何人攜手同行，一個人活下去吧。絕對不可以停留在一個地方太久。因為一旦停留，立刻就會有人接近妳，想將生命獻給妳。」

說完，巫婆再度斷氣。

就這樣，「國色天香姬」離開被血染成鮮紅色的城堡，離開以屍體堆成的城堡，展開一場無止盡的旅程。依照巫婆詛咒般的忠告，為了不害更多人死去，進行無法讓任何人同行、隻身一人的逃避之旅。她成為吸血鬼是在這之後一段時間的事，不過這名公主——姬絲秀忒・雅賽蘿拉莉昂・刃下心沾滿鮮血的吸血鬼傳說，就是從這裡開始。

至於美麗心腸的她，首次成功拯救奉獻給她的渺小生命，是經過六百年後發生的事情。

國色天香姬——完

第零話　雅賽蘿拉・宴饗

K I SSS HOT
AC EROLAORION
HEARTUNDERBLAD E

001

「姬絲秀忒・雅賽蘿拉莉昂・刃下心」這個名字，是本大爺幫她取的。雖然自己這麼說不太對，不過是又酷又硬派的棒透名字。最棒的女人就該取個最棒的名字。不這麼認為嗎？

「姬絲秀忒」這部分尤其棒。

我很喜歡。

這個名字的意思是「（像是親吻般食用 @Kiss shot）」，不過就算沒聽懂這個含意，也自然傳達得到帥氣的感覺吧。

本大爺取名之前，那傢伙叫做雅賽蘿拉公主。

更早之前叫做蘿拉。蘿拉（即位 @Ascension）之後，就變成雅賽蘿拉公主。

總之，人類取這個名字還不差，卻有點可愛過頭。

沒有霸氣。

感覺像是端莊高雅的大小姐。

實際上，那傢伙就是端莊高雅的大小姐，所以人類時代用這個名字確實沒問題，不過成為吸血鬼之後可不行。甚至可以說不被允許。

不像樣。

吸血鬼必須擁有人人聞之色變的名字，才首度算是獨當一面。不落人後。

不對，應該說不落鬼後。

所以本大爺幫她想了名字。

第一要高貴，第二要帥氣，第三要好記，第四則是要具備令人不敢說出口的邪惡氣息，要取這種最棒的名字。

配得上好女人的名字。

本大爺讓那個公主變成吸血鬼，所以要盡到這個職責。

……不過，老實說，本大爺對此也有點後悔。不，關於取名本身毫不迷惘。本大爺自負取了一個最適合那傢伙的名字，最適合那傢伙未來的名字。

不過，本大爺還是覺得，或許不應該幫那傢伙取名字。不是常有人說嗎？為寵物取名會投入感情。

對人類投入感情，是吸血鬼不該有的可恥行徑。至於這份感情是友情、愛情還是情慾，事到如今沒有定論。

不過可以斷言一件事。

那不是食慾。

因為，把一道菜取名為姬絲秀忒·雅賽蘿拉莉昂·刃下心，實在不太行吧？

002

看來，好像又死了。

本大爺心不在焉如此猜測，緩緩起身。要說一如往常確實一如往常，不過這次的死法好像挺悽慘的。

因為本大爺慢慢起身之後首先看到的，是掉在地上的自己人頭。像是粗魯扭斷的頸部。

人頭以空洞又憎恨的雙眼瞪著本大爺。軀幹像這樣再生的現在，直到剛才都擔任本大爺這個吸血鬼司令塔的頭顱，接下來註定只會瓦解回歸為塵土，所以能理解視線為何如此忿恨不平。

上次腦袋被拔掉的時候（記得是被砍掉？），是從頭顱慢慢往下再生，反倒是軀幹回歸塵土，所以連當事人本大爺都不知道這方面是依照哪種基準。

總之，如果和低等生物一樣，頭與軀體都會各自再生，本大爺的數量將會無限增加導致立場崩毀，所以現在這樣比較好。

不過，即使已經習慣這種帶著憎恨的視線，但如果是自己的視線，滋味就有些不同。滋味是吧……

本大爺隨意伸出手，抓住頭髮。

自己都覺得美麗的金髮。

雖然眼珠的光芒消失，不過同樣是金色。

一般都說金色沒什麼味道，但本大爺的金髮金眼頗為複雜又玄妙。本大爺一口咬住後腦勺，連同頭髮與骨頭一起吃才叫做老饕。

肉、骨、血與腦漿在嘴裡混合的口感讚到不行。眼珠噗嘰一聲咬爛的感覺會上癮。

好久沒吃自己的頭，不過果然讚。

這是只能在消滅前的一瞬間品嘗到的寶貴食材。

享受這段直到消滅的過程，在最後像是把糖果含到融化，把頸椎骨含在嘴裡滾動玩弄。

「那個……」

此時，傳來這個聲音。

相較於正在含頸椎骨的本大爺，這個聲音悅耳如銀鈴。

「小女子之前就想請教……那個好吃嗎？」

「還用說嗎？當然讚。是本大爺的頭耶？」

本大爺立刻回答。

頸骨含在舌頭上不好說話，但要直接吞下肚還有點大，所以移到臉頰邊緣。就像是松鼠的頰囊。

「不過，和好不好吃沒關係。就算難吃也要吃。」

本大爺殺掉的生命由本大爺吃掉。

這就是「吃」。

本大爺如此說明。

「這樣啊……」

這傢伙——雅賽蘿拉公主聽完含糊點頭。

看她的反應像是不太能接受。

雖然不是要她接受，但她完全不怕本大爺的這種感覺，令本大爺不爽。

不只如此……

「別再這麼做比較好喔。」

天啊，居然還對本大爺，居然針對本大爺講這種不知天高地厚的話。區區人類竟敢憑著人類的身分，講出不像人類該講的這種話。

本大爺一個不高興，把頰囊的七個頸椎骨一起咬碎。可惡，明明還能撐一陣子的。

「公主大人，不要插嘴管別人的飲食習慣好嗎？」

「關於自己吃自己人頭的飲食習慣，小女子確實也想講幾句話，但小女子擔心的是另一件事。」

雅賽蘿拉公主說。

語氣聽起來真的很擔心，而且事實上，這傢伙是真心為本大爺著想。本大爺對此極難容忍就是了。

這部分可以理解。

氣死本大爺了。

吃下肚的頭顱在胃裡作祟。

「另一件事是哪件事？亡國的公主大人在擔心本大爺什麼事？」

「您最好死心別再試著殺小女子了。因為您絕對做不到這種事。」

原來如此。

想說的是這件事啊。

聽到這番話，本大爺理解到這次是怎麼死的。看來和上次、上上次與上上上次的死因相同。

上次是身體爆裂。

上上次是心臟被挖掉。

上上上次是粉身碎骨。

雖然死法不同，死因卻相同。

死因：雅賽蘿拉公主。

雖然人類稱那傢伙是「國色天香姬」，但本大爺絕對不會這麼叫，也覺得不能這麼叫。

包含這次，這女人殺了本大爺這個吸血鬼四次，不應該用這種帶著情感的名字叫她。

本大爺這麼說完，雅賽蘿拉公主搖了搖頭。

「小女子也認為『國色天香姬』這名稱過譽，完全不適合我。」

這動作真的慵懶無力，哎，光是這樣的反應就可以形容為美麗吧，但是實際上更加美麗動人，肯定是因為她這份謙虛的態度。

「不過，您像這樣反覆死亡的原因，如果只歸罪到小女子身上，小女子感到遺憾。因為只要您沒有殺小女子的意思，您連一次都不會死。」

哼。

一點都沒錯。

長得一副乖巧的樣子，但是想說就說，絕對不會扭曲自己的意志。這女人的這一面，也是她被稱為「國色天香姬」的原因吧。或許是最大的原因。

堅強的意志，堅強的信念。

實際上，確實了不起。

面對吸血鬼連一步都不退讓的態度。

雖然不得已，但不得不說令本大爺佩服。不過本大爺最近這四次死亡，可以說正是來自這份佩服。

進一步來說，即使死因本身是雅賽蘿拉公主，下手的偏偏不是別人，正是本大爺。殺害本大爺的就是本大爺。

本大爺將本大爺粉身碎骨。

本大爺挖出本大爺的心臟。

本大爺撕裂本大爺的身體。

而且，這次本大爺拔下本大爺的頭。

死亡瞬間的記憶沒有好好留下，所以本大爺自己也不太清楚，不過依照公主大人自己的說明，「機制」似乎是這樣的。

只要企圖危害這個女的，即將下手的時候，會受到強烈罪惡感的苛責，攻擊的矛頭全部轉向自己的身體。

自我破壞。自虐與自損。

舉個好懂的類似例子，就是「反彈攻擊的能力」吧，不同的地方在於這不是「能力」，所以對於雅賽蘿拉公主來說，這是完全無法控制的傷害反射。

這是當然的。

因為攻擊衝動與罪惡感，都是發自這邊的內心。這就是東洋格鬥技所說的單人相撲。

與其說荒唐不如說蠢，不只滑稽，更可以說是完成度相當高的喜劇。居然因為「國色天香姬」過於美麗，無法原諒企圖傷害她的自己，所以懲罰自己。

甚至不知道是否真的有「心」的本大爺心中，居然有如此忙碌的情緒起伏，就像是惡質的玩笑話。

不過，這不是玩笑話。

是如假包換的真心話。

實際上，本大爺包括這一次，已經為了「國色天香姬」，被「國色天香姬」害得自殺四次。死亡本身不稀奇，但是本大爺現在這副德行，可以理解特羅琵卡雷斯克那傢伙為何不是滋味。

雖說是四次，不過意思是本大爺依稀記得的是四次，或許事實上本大爺殺掉本大爺的次數更多。

總之，殺得掉本大爺的沒有別人，就只有本大爺，若說確實如此也沒什麼好反駁的吧？

話是這麼說，但要脫離現狀不是什麼難事，甚至簡單至極。

如雅賽蘿拉公主所說。

她說的是。

依照她虛心無私的美麗建議，打消殺她的念頭就好。只要不下手殺她，本大爺就不會被強烈的罪惡感纏身而懲罰本大爺。

不會殺掉本大爺。

既然因為想殺而被殺，那麼只要不想殺就不會被殺。這個方程式簡單無比，在聰明公主的眼裡，本大爺的行動原則應該是莫名其妙吧。

不過，本大爺不聽這個建議。

第一個原因，本大爺最討厭的就是聽從別人的建議。無論聽到別人怎麼說，總是忍不住想唱反調。

第二個原因，嚴格來說，本大爺不是要殺雅賽蘿拉公主。

即使是號稱沒有不可能的本大爺，要停止做自己沒要做的事也幾乎不可能。

本大爺不是要殺掉這傢伙。

本大爺是要吃掉這傢伙。

不是殺意，是食慾。

「這樣啊。那就沒辦法了。」

雅賽蘿拉公主死心般說。

不，她應該沒死心。

她具備絕對不死心的堅強，具備絕對的美麗，就像是被無法死心的美麗所詛咒。即使是本大爺這樣的怪物，她也完全放不下。

何其好笑，何其難笑。

何其愚蠢，何其美麗。

在旅行途中被抓走，幽禁在本大爺的城堡「屍體城」。即使落得如此可憐的際遇，這名公主依然由衷覺得我很可憐。

此等態度，此等高尚。

不得不說引得本大爺食指大動。

「請慢用。前提是您做得到。」

「用不著妳說！」

然後，本大爺第五次撲向雅賽蘿拉公主。很抱歉，本大爺可沒學到用餐前要說「我開動了」這種禮儀。

所以這肯定完全是冷不防撲過去，但是在牙齒即將插入雅賽蘿拉公主柔嫩的肌膚時，意識突然中斷。

嗯。

看來，本大爺迎接第五次的死亡了。

003

看來，好像又死了。

察覺這件事的本大爺，從所坐的王位朦朧清醒。依照這種感覺，這次似乎是餓死。

因為最近在飲食方面沒什麼問題。餓死很稀奇。

正覺得飲食生活制式化很無聊的這時候遭遇懷念的餓死，本大爺究竟發生什麼事？

「主人，您醒了嗎？」

恭敬又鏗鏘有力，冷酷又犀利的這個聲音令本大爺移動視線一看，特洛琵卡雷斯克跪在王位前面。

本大爺餓死化為木乃伊之後，他似乎一直維持低著頭的姿勢等本大爺醒來。辛苦他了。

要是扔著不管，他大概永遠都是這個姿勢吧。這樣也挺有趣的……雖然惡作劇心態瞬間如此運作，但他一直待在那裡，本大爺沒辦法從王位起身。

「平身。」

本大爺對他這麼說。

如同光是這樣就是承擔不起的榮幸，特洛琵卡雷斯克顫抖身體抬起頭。看見他的臉，本大爺想起來了。啊啊，沒錯沒錯，本大爺的第一眷屬就是長這樣。

既然每次復活都能像這樣感受到新奇的心情，那麼死亡也沒那麼差。

畢竟對於吸血鬼來說，死亡就像是一種特技。

總之沒什麼好大驚小怪的。

不過，愛操心的特洛琵卡雷斯克懷著滿滿的忠誠心仰望這裡，從表情看得出他鬆了一大口氣。

特洛琵卡雷斯克·霍姆艾維夫·多谷司托靈格斯。

剛才說他是第一眷屬，正確來說應該是唯一的眷屬。雖然以前更多，但現在本大爺的眷屬只剩下這傢伙。

順位不斷往前移，成為第一。

而且後續沒有任何人，不剩任何人。

本大爺不覺得寂寞，到頭來如果是以前就算了，但是本大爺成為最強與不死極致的現在，甚至不需要眷屬這種東西，但是特洛琵卡雷斯克長得不錯，所以總之將他留在身邊。

反正留著他也不會礙事。

總之，不只是長得不錯，他還是獨力勤快管理這座「屍體城」的能幹傢伙，老實說，本大爺多虧這傢伙才能過著舒適的生活。

只不過，能幹或許是原本的天分，但是外表出色很難說是特洛琵卡雷斯克自己的功勞。不如說是本大爺的功勞比較順口。

因為這傢伙本來是人類，經過本大爺吸血才成為吸血鬼。既然成為吸血鬼，肉體自動最佳化是天經地義。這當然也有素材的問題，本大爺完全不想高聲主張都是託本大爺的福，不過他閃耀的金髮金眼無疑繼承自本大爺。

「主人，要是您繼續沒醒，屬下打算獻上自己給您食用。」

特洛琵卡雷斯克這麼說。

這個男人真的像是忠誠心的聚合體。

既然是眷屬，忠心可以說是理所當然至極，不過想到他是因為這份忠誠心而成為唯一存活至今的眷屬，這傢伙果然是異質的吸血鬼吧。

稀奇。

比餓死還稀奇。

雖然稀奇，卻不有趣。

不到珍貴種的程度。

本大爺比較喜歡膽敢忤逆本大爺的手下。只不過，一旦忤逆就會被本大爺吃掉，所以這種傢伙早就依序消失了。

特洛琵卡雷斯克反而傾向於想要讓本大爺吃，所以目前頂多當成緊急備用糧食。

而且，這次似乎是非得拿這份緊急備用糧食來吃的狀態。發生了什麼事？

不記得死亡時的狀況，對於本大爺來說習以為常。首先向特洛琵卡雷斯克問個究竟，可以說是本大爺的例行公事，應該說例行死事。

算是甦醒的儀式吧。

「非常抱歉。查明原因花了一些時間。這麼一來，即使屬下被主人吃掉也在所難免。」

就說了，不要動不動就想被本大爺吃掉。

而且本大爺剛復活，沒那麼餓。

「這次主人死亡的原因在於糧食短缺。這麼晚察覺是屬下再三失態至極，不過王國的人類似乎滅絕了。」

「王國的人類滅絕？」

本大爺居然愣住了。

原因在於本大爺沒能立刻聽懂特洛琵卡雷斯克在說什麼，不過聽他說完，本大爺並不是沒有依稀想起某些記憶——肚子餓出門覓食，卻找不到任何一個人類而束手無策的記憶。

沒東西能吃。

又餓又渴——全身乾枯的記憶。

「……是在不知道的時候發生戰爭嗎？」

「並不是這麼回事。」

特洛琵卡雷斯克非常愧疚似地否定。看來對本大爺的意見提出異議令他過意不去。

總之，先不提他過度的忠誠心，雖說本大爺剛清醒，腦袋還一片朦朧，但確實講得挺脫線的。

人類發動戰爭是家常便飯，但即使這個王國敗戰，空出來的土地肯定有其他國家的人口流入。

即使如此，卻陷入吸血鬼遭遇糧食短缺的滅絕狀態……所以是瘟疫之類的？

本大爺的食材受損了？

「要說瘟疫的話是瘟疫沒錯。」

特洛琵卡雷斯克靜靜點頭。

看來，能夠同意本大爺的說法令他喜悅無比，但是這份喜悅也有所節制。

「不過，是叫做『美麗』的傳染病。」

「啊？」

「主人，您知道《國色天香姬》這篇童話嗎？」

004

本大爺知道「傾國美女」這個詞，不過如果依例造句，特洛琵卡雷斯克說給本大爺聽的「國色天香姬」就是亡國美女。

只以美貌就毀滅國家的公主。

屠殺姬。

這是令人深感興趣的童話。

哎，實際上，一臉正經講這種荒唐事情的特洛琵卡雷斯克才是最有趣的，但即使除去這一點也引起本大爺的興趣。

不對，引起本大爺的食慾。

忍不住垂涎三尺。

「什麼嘛，換句話說……毀滅母國，被母國驅逐的公主大人，流浪到最後來到這個王國，導致這個國家滅亡嗎？」

「是的。」

特洛琵卡雷斯克一臉嚴肅地說。

嚴肅過頭，很好笑。

「包括王宮貴族的所有國民，好像都樂於將生命獻給『國色天香姬』。爭先恐後獻上自己最重要的東西，回報她的美。」

「光是存在就毀滅一個國家，那個女人是哪門子的怪物？」

本大爺打趣這麼說。

「不是怪物，是人類。」

特洛琵卡雷斯克始終維持正經態度。好歹在主人開玩笑的時候配合一下吧？你就是因為這樣，所以永遠都是緊急備用糧食。

「是人類女性。聽說她至今就像這樣，只不過是旅行路過，就毀滅好幾個國家。」

「原來如此。確實是瘟疫。」

而且是非常恐怖的瘟疫。

吸血鬼也經常被譬喻為瘟疫，不過看來這個女人本身就是瘟疫。哎，人類尋求美麗事物的動力，也可以說是一種疾病吧。

或許是不治之症。

希望自己的外表最佳化，最後自願讓本大爺吸血的人類，至今也多不可數。不過這種傢伙的下場大多是被本大爺囫圇吞下。

無論如何，如同盼望不老不死，尋求自身的美麗也是人類的本性與業障吧。

「好，決定了。特洛琵卡雷斯克，這次醒來的第一餐，就享用那個公主吧。當成久違的餐點應該無從挑剔。」

「咦……主，主人，這……」

特洛琵卡雷斯克此時第一次改變跪地的姿勢，慌張起身。凡事不為所動的這個人露出狼狽模樣，本大爺內心頗感愉快。甚至覺得吃掉他一條手臂也無妨。

不，即使如此，首先要吃的還是那個「國色天香姬」。

這是本大爺的堅持。

空空如也的肚子，應該裝入特別的食材。正因為空腹，所以更不能隨便吃。

如果是宵夜，要暴飲暴食也無妨，但是剛醒來要吃的早午餐應該精挑細選。

哎，本大爺是吸血鬼，所以早午餐也是宵夜就是了。

這是考量到特洛琵卡雷斯克原本是人類而說的玩笑話，但是這個一板一眼的吸血鬼笑都不笑（也可能只是沒戳到笑點）。

「恕屬下斗膽建言，主人，您最好別這麼做……」

他如此緊急報告。

戰戰兢兢，誠惶誠恐地報告。

畢恭畢敬。

「請您改變主意。三思再三思。」

「特洛琵卡雷斯克，為什麼？意思是要本大爺再餓死一次嗎？這次可不一定能復活喔。既然這個國家的人類已經滅絕就更危險了。」

本大爺是吸血鬼，所以當然是吃人類維生，不過有人類才有吸血鬼。不只是當成食物或養分的意思，如果沒有人類的畏懼，無論鬼或魔都無從存在。

正因為那些傢伙害怕（或崇拜）吃人維生的本大爺，本大爺才能像這樣坐在王位傲視天下——就像是國家沒有國民就無法成立。

「可……可是，正如屬下先前的報告，『國色天香姬』遠比普通怪物凶惡得多……」

「特洛琵卡雷斯克，吾之奴僕，你擔心本大爺拜倒在那個女人的石榴裙下？以為本大爺和人類一樣，會在仰慕至極之後將生命獻給那個公主？」

「屬……屬下不敢。」

特洛琵卡雷斯克說完，這次真的是跪伏在地上。只是跪下就算了，但他明明是本大爺的眷屬，卻擺出這麼丟臉的姿勢，本大爺很想罵他一頓要他別這樣，但要是他更加畏縮，將地板挖出一個洞就頭大了。

就是因為這樣，所以當主人也很麻煩。

本大爺不是當主人的料。

話是這麼說，不過奴隸似乎也沒那麼簡單。

「所……所以主人，要不要先吃點附近的屍體回復體力再說？屬下就是以這種方式撐過險境的。」

特洛琵卡雷斯克維持幾乎趴倒在地的姿勢這麼說。

這個提議幾乎無視於本大爺想以特別食材填滿肚子的希望（要本大爺吃附近的屍體？），即使如此，特洛琵卡雷斯克似乎以此做為勉強妥協的底線。

本大爺不討厭這種小聰明。

這樣的奴僕挺可靠的。

不過，就算這麼說，本大爺也不可能妥協。

這是不同的問題。

是糧食問題。

無論是人類還是吸血鬼，自己的飲食習慣可沒那麼好改變。

「特洛琵卡雷斯克，你聽好，你要怎麼補充營養是你的事。本大爺不會也不想強迫你怎麼做。所以你也不准干涉本大爺的做法。」

要吃死人或是屍體都隨便你。不過這是你的喜好，不是本大爺的喜好。

本大爺這麼說。

「本大爺只會吃親手殺掉的人類。」

005

親手殺來吃。

這是本大爺的主義。

身為吸血鬼，身為老饕，這是不能退讓的界線。

對於人類尤其堅持，對於人類以外的生物也不例外。

反過來說，如果不是親手殺掉的食材，本大爺盡量不想吃。

甚至連喝水都不好受。

做到這麼徹底終究很難，但是本大爺只從血管流出的液體攝取水分就好。以忠實僕人特洛琵卡雷斯克的立場來說，他好像沒聽過這種偏食，連應該是同類的吸血鬼夥伴，都把本大爺視為異端，還曾經語重心長地忠告本大爺說，維持這種飲食生活會短命。

不過這些吸血鬼夥伴，如今沒一個活下來。

忠告本大爺會面臨何種下場，本大爺讓他們親身體驗了。不用說，本大爺當然也確實吃掉這種傢伙。

親手殺來吃。而且殺了就要吃。

既然殺了，就算難吃還是有毒也一定吃掉。絕對吃得乾乾淨淨一點都不留。這是本大爺的原則，不接受變更。

所以，為「國色天香姬」的美麗著迷而自我了斷的這個國家人民，本大爺基本上不會吃他們的屍體。再怎麼好吃也一樣。

不吃。

既然不是親手殺的，那就不吃。

總之，為了等待本大爺復活而吃屍體活下來的特洛琵卡雷斯克，本大爺絲毫沒有責備他的意思。就算是本大爺的眷屬，也不必吃和本大爺相同的菜色。

以喜歡的方式吃喜歡的東西。

就本大爺來說，這就是長生的祕訣。

應該要這麼做。

現在本大爺的肚子想吃「國色天香姬」，所以要吃「國色天香姬」。親手將亡國美女殺來吃。

吃想吃的，親手殺來吃。

已經這麼決定了。

本大爺一旦決定怎麼做，就會按照決定的方式去做。

反過來說，這麼危險的女人不知道何時會被誰宰掉，所以得趕快宰來吃。

不然會沒得吃。

因此，本大爺從王位起身。特洛琵卡雷斯克就這麼貼在地上堅持不肯動，不得已只好踩著他的背離開城堡。

「吾之廝役，不准跟過來啊。也不用說明地點。本大爺的用餐從尋找食材就已經開始了。」

本大爺如此命令遭到踩踏而滿心歡喜的特洛琵卡雷斯克。

獨自用餐。這也是本大爺的原則。

正確來說，是只有本大爺和食材一起用餐。

哎，這並不是必須嚴格遵守到這種程度的原則。

是想獨處時很方便的原則。

「知道了。忠實的奴僕會等您回來，請務必小心。主人，一路順風。」

「嗯……對了。不准對本大爺使用『主人』這種老掉牙的敬稱。雖然剛睡醒所以現在才發現，但本大爺不記得准你使用這種平凡的稱呼。」

本大爺頭也不回這麼說。「非……非常抱歉！」傳來特洛琵卡雷斯克像是掏挖地面的聲音。

特洛琵卡雷斯克好像晚點才要修繕地面，重新開口送本大爺離開。以適合本大爺的方式稱呼本大爺。

「殊殺尊主，一路順風。決死、必死、萬死之吸血鬼——迪斯托比亞・威爾圖奧佐・殊殺尊主。」

「這就對了。」

聽了就痛快。

迪斯托比亞・威爾圖奧佐・殊殺尊主——這是本大爺又酷又硬派的名字，只適合又酷又硬派的本大爺。

006

本大爺住的「屍體城」之所以叫做「屍體城」，並不是本大爺取的名字。你們想想，如果是本大爺取的，這也太直白了吧？

不過就算這麼說，也不是完全和本大爺無關。這個名字來自很久以前，對這個王國實施暴政的一個國王。

在國內外堆起屍山的這個國王被稱為「屍體王」，所以這個國王居住的城堡叫做「屍體城」。

哎，因為風評不好，所以下一任國王在其他地方新蓋一座城堡，全家人包括侍從都搬了過去。想到搬遷費究竟花掉人們多少血汗錢，或許真的足以傾國吧？不得不覺得這樣挺矛盾的，總之這座人去樓空的問題廢城就由本大爺入住了。

正確來說，應該是人去樓空的「屍體城」裡，「冒出」本大爺這個怪物。被「屍體王」殺害的人類恨意與怨念，誕生了一隻吸血鬼。

誕生了傳說。

一座有問題的廢城，誕生一個有問題的傳說。

誕生的妖怪規格是按照那個愚王屠殺的人數……如果這麼解釋，確實也能說明本大爺為何如此強大。所以本大爺喜歡這種說明。

實際上不得而知就是了。

沒人能好好說明自己誕生的理由吧？

唯一確定的是以前有個「屍體王」，居住的場所叫做「屍體城」。不過，放眼城外所見的光景，或許連那個「屍體王」也一輩子都沒見過吧。

屍體，屍體，屍體。

總之死了人。

王國的國民全死了。

死遍了，死光了。

這當然正是特洛琵卡雷斯克報告的光景，卻是遠超乎想像的絕景。如果不讓背上長出翅膀改在天空移動，甚至沒有腳踩的空間。

從上空俯瞰更是壯觀。

無從想像的絕景。

經過「屍體王」的時代，在現任國王的治世，這裡肯定是相當和平的王國才對（當然不包括本大爺這種怪物的出沒），但是這種純樸的形象徹底顛覆。

別說和平，連平的地方都沒有。層層堆疊的屍體，彷彿在強迫地圖重繪。

尋求童話的可信度比較有問題，而且本大爺其實也覺得愛操心的特洛琵卡雷斯克只是誇大其詞，提醒自己別對這種誇大的童話內容抱持過度的期待……不過看這個樣子，別說「屍體城」，而是真正以屍體築城的《國色天香姬》童話，或許具備一定的真實性。

是的話，真令本大爺心動。

這些人類是本大爺將來可能會吃的食材候補，如今卻如此壯大地報銷，這種事難以原諒（因此本大爺也連帶跟著餓死，不過這是本大爺自己的疏忽，所以不過問），但若她擁有匹敵這些食物的美，那就值得一吃了。

糧食的「糧」可不是分量的「量」。

無論如何，昔日由「屍體王」統治，如今由「國色天香姬」毀滅的王國，包括高山與溪谷在內，誇稱擁有相當廣大的國土，若要在這裡找出特定的一個人，即使是主張用餐是從尋找食材開始的本大爺，也覺得可能會找到骨頭斷掉，不過從這幅絕景來看，會斷掉的骨頭頂多也只是脆脆的軟骨吧。

之所以這麼說，是因為俯瞰就可以清楚看見國民的屍體鋪出一條路。該說是導航嗎？換句話說，只要沿著屍體愈來愈多的方向走，沿著屍臭味愈來愈重的方向走，就是「國色天香姬」的所在處。

比起足跡更清楚指引該走的路。

增殖的死。

本大爺也曾經被形容為「凡走過就寸草不生」所以習慣了，不過這位公主擁有的美貌，似乎無法用這種老掉牙的慣用句來形容。

真是期待。因為「美麗」是味道的重點。

人類吃動物或魚的時候，也是以外表決定食材的優劣吧？大小、形狀、光澤或肉質。

還有一個要素是新鮮吧？

將一個國家……不對，不只如此，是將許多國家消滅的美女，滋味究竟多麼深奧？這麼一來，很難自制不要過於期待。

就這樣，本大爺從上空循著屍體的路標前進，不過抵達的地點居然是和美麗相差甚遠的廢棄破屋。屋子藏在屍體後面，應該說埋在屍體裡面，本大爺差點看漏。

看來旅行的公主暫住在這間破屋，不過奇怪了，真的嗎？這間建築物寒酸到像是颱風就會四散，如果是本大爺，甚至連用來躲雨都不想。

與其說是建築物，更像是崩毀物。若說這是木柴被旋風捲起來，剛好堆成像是屋子的模樣，本大爺可能比較相信。

不過，確實感覺得到內部有人。

本大爺不會因為是吸血鬼，就說出「聽得到食材的聲音」這種玄言玄語，但是本大爺這方面的直覺還算敏銳。

這是本能——不對，不應該耍帥，而是正常地說這是食慾。

總之，既然是破爛到幾乎剩下骨架的屋子，就當成肋排之類的來吃吧……本大爺在思考公主要怎麼擺盤的同時著地，輕輕推開門（像是門的木板）。

吸血鬼未經許可無法進入室內的法則，並不是本大爺決定的法則，所以就打破吧。

到頭來，進入這種破爛建築物，不需要什麼許可吧？

考量到崩塌的風險，反倒是人類應該禁止進入吧？

這裡面真的有「食材」嗎？本大爺開始懷疑自己的直覺，但是用不著正式搜索屋內，就輕鬆找到要找的人了。

在廚房。

鍋子放在起火的爐灶，咕嚕咕嚕煮著東西。

樸素的衣服加上圍裙，站在灶前親自下廚的樣子，完全沒有公主的感覺。
然而，她側臉的美麗難以用筆墨或唇舌來形容。
甚至想放在舌頭上品嘗。

007

看來，好像又死了。
睜開眼睛一看，她就在面前。
她的臉就在面前。
看來，剛才倒在廚房的本大爺，現在居然躺在她的大腿上。亡國之美女。
不輸給本大爺，不得不承認比本大爺更耀眼的金色頭髮。
銀色的右眼與銅色的左眼。
從正面看（不過是從下往上看的角度），她的美貌更是出色。不對，造型的完美程度當然不用說，但她讓本大爺躺大腿的膽量美得無法言喻。
因為，本大爺直到剛才都是死亡狀態。讓陌生屍體躺大腿，以凡人的神經可做不到這種事。

「還好嗎？」

如此詢問的聲音也溫柔無比。

本大爺也從來沒發出過的音調。

「…………」

話是這麼說，但是本大爺沒有享受美女大腿枕的嗜好，所以先慢慢坐起上半身，然後搔抓剛復活的朦朧腦袋。

「本大爺死了多久？」

本大爺問公主這個問題。

真的很朦朧。

該問的不是死亡的時間，而是死亡的原因。又是餓死嗎？不對，這種感覺，是肉體粉身碎骨之後再生的復活感。

是遭受誰的哪種攻擊？

總不可能是這個嬌柔公主攻擊的吧——

「您死亡的時間很短暫。而且殺您的是您自己。」

「國色天香姬」甚至連沒問的問題都回答，看來有聽懂本大爺詢問的意圖。

然而，莫名其妙。

本大爺自己？

「您是自殺的。因為您想殺小女子。」

愈來愈莫名其妙了。

這傢伙在講什麼？

本大爺一副非常詫異的反應。

「您為什麼要殺小女子……小女子猜想應該是有相應的理由，但是請打消念頭吧。好不容易復活的生命，請不要白白浪費。」

「國色天香姬」見狀繼續說明。

雖然還是一樣搞不懂她在說什麼，但是說來神奇，本大爺只知道這個女人沒說謊。

既然這傢伙這麼說，那麼殺害本大爺的應該是本大爺無誤。雖然記得不太清楚，但是依照猜想，本大爺發現「國色天香姬」這個食材的時候，肯定是立刻下手獵殺。

自給自足。

親手殺來吃。

剛復活肯定還沒有明確的飢餓感，卻像這樣有如餓虎撲羊，實在是很像本大爺會有的吸血衝動，不過這份攻擊力用在本大爺身上了。

粉身碎骨。

總之，算是鎚爛的肉醬吧。

「咯咯！」

本大爺笑了。

不知道幾年沒像這樣發出聲音大笑。

「換句話說是那樣嗎？本大爺不只是猶豫是否要傷害妳的美，甚至無法原諒企圖如此施暴的自己，所以嘗試自殺？」

「就是這麼回事。」

公主面不改色點頭之後起身，走向爐灶。彷彿在說比起本大爺在她身旁，爐火沒熄滅是更危險又重要的案件。

「喂，本大爺是怪物喔。」

「看來是這樣沒錯。」

「是吸血鬼。」

「這樣啊。沒想到真實存在。」

「是殺人類來吃的怪物。」

「那麼，剛才的行動是想要吃小女子吧。抱歉無法回應您的要求。」

「…………」

「怎麼了？」

「沒事……」

「如果肚子餓了，要不要一起吃？蔬菜鍋剛好完成了。」

公主說著以雙手端起鍋子，從爐灶拿下來，準備要前往破屋深處。

「本大爺只吃親手殺的生物。」

對於食材的邀請，本大爺斷然宣言，卻有點反省不應該對獵殺失手的食材講這種話。

話講得這麼沒氣勢，對本大爺來說是重罪。但當然沒嚴重到出現自殺衝動。

總之雖然不是贖罪（面對這個毀滅國家的傢伙，沒什麼好贖罪的），不過本大爺決定跟著公主進入破屋深處。

就陪妳吃吧（但是本大爺不吃）。

「方便請教您的大名嗎？」

看到本大爺的行動，公主這麼問。

不必對區區人類自報姓名……擁有這種主義的吸血鬼不在少數，但本大爺不討厭自報姓名，所以回答了。

這是本大爺引以為傲的名字。

若說沒有引以為傲是假的。

「決死、必死、萬死之吸血鬼——迪斯托比亞·威爾圖奧佐·殊殺尊主。」

「殊殺尊主大人嗎？」

「不必加『大人』。名字本身就是尊稱。本大爺自稱本大爺，但是妳不必在意，直接叫『殊殺尊主』就好。」

「知道了。」

她將鍋子端到可能是飯廳的房間，放在可能是餐桌的木板上。

「小女子是雅賽蘿拉。」

然後她自報姓名，同時捏起裙襬，優雅行禮。

動作洗練到連粗枝大葉的本大爺都差點看到入迷。不提這個……雅賽蘿拉？

「不是『國色天香姬』嗎？」

「這是小女子小時候的稱呼，不是尊稱，是蔑稱。現在也沒人這樣叫了。」

沒有了。

意思是所有人都將生命獻給「國色天香姬」而死了嗎？如果是這樣，那麼特洛琵卡雷斯克的情報有點舊。

「雅賽蘿拉」嗎……

這名字聽起來很好吃。

「『雅賽蘿拉』是名字？還是家族姓氏？」

「都不是。因為小女子已經沒資格冠上家族姓氏了。父親為小女子取的『蘿拉』

這個名字，如今也實在是不能使用。」

「……………」

依照童話所述，這個公主的家人是最先死亡的人。被女兒的美麗影響而死。

雖然不知道那篇童話究竟正確到什麼程度，總之，既然不必用「國色天香姬」這種矯情的名字稱呼，那就再好也不過了。

「既然這樣，本大爺就叫妳『雅賽蘿拉公主』吧。」

「請隨意……不過到頭來，小女子也不是什麼公主就是了。為什麼會變成這樣？」

她微微歪過腦袋，像是帶著些許憂鬱般說。

這不經意的舉止喚起無止盡的食慾，本大爺忍不住伸爪——

008

看來，好像又死了。

在這麼短的時間，接連兩次，而且是被同一個對象殺害，這在本大爺漫長的吸血鬼生活之中，當然在飲食生活之中，也都是第一次的經驗。不過以當事人的說法，這始終都是本大爺擅自死掉，並不是雅賽蘿拉公主自己做了什麼事。

這次好像是心臟被挖出來，本大爺復活之後的第一個觸感，是握在右手依然撲通撲通跳動的心臟。

胸腔的心臟似乎已經再生。

哼。

看見自己的心臟，是早就習慣的事。

本大爺就像人類啃蘋果那樣，往自己的心臟咬下去。「既然殺了就要吃」，這是鐵則。

如果粉身碎骨終究做不到，不過即使對象是自己，這個原則也不會改變。

大口啃食。

唔喔，爆漿的口感。

不愧是本大爺的心臟。活跳跳的。

已經死掉就是了。

「不死之身嗎？原來如此，真是了不起啊，殊殺尊主。」

雅賽蘿拉公主一邊吃自己做的蔬菜鍋，一邊由衷佩服般說。

她已經知道本大爺是吸血鬼，所以看來不像剛才讓本大爺躺大腿時擔心。雖然對此覺得有點可惜，不過這代表本大爺被她的美麗俘虜了嗎？

「雅賽蘿拉公主，能獲得妳的稱讚是榮幸之至……本大爺又因為想吃妳，所以反而被自己殺掉吧？」

「是的，一點都沒錯。但是請殊殺尊主別擔心，都要怪小女子過於美麗。」

這番話聽在某些人耳裡大概傲慢至極，不過對於本大爺連死兩次，雅賽蘿拉公主似乎是由衷感受到責任。

感受到無須感受的責任。

內心的這份美麗，想必更得旁人的心吧。本大爺要是一個不小心，可能會擔心自己害得公主這麼想而再度自殺。

因為這樣而死去的人類，這個女人究竟看過多少？

「看來，小女子也造成這個國家莫大的困擾了。」

不只是困擾的程度。

是毀滅。徹底毀滅到吸血鬼會餓死的程度。

亡國之美女。

「小女子會立刻離開，請原諒。看來小女子在找的人也不在這個國家。」

「…………？」

在找的人？

應該不是尋找食材的意思，不過這傢伙在找某人嗎？

啊啊，這麼說來，記得童話是那樣寫的？

尋找能拯救的生命，踏上流浪的旅途——沒錯，《國色天香姬》是這樣的童話。

不，重點在於……離開？

喂喂喂。

這種事，本大爺不可能原諒吧？

「真任性。」

本大爺說。

之所以這麼說，是因為本大爺滿心不想讓她前往其他國家，但彼此的恩怨沒有深到足以講這種話。不只如此，如此正當的批判，出自吸血鬼的口中也太丟臉了。

「為了尋找能拯救的某人，妳究竟想要害死多少人？為了妳一個人的救贖，究竟要毀滅多少國家？」

「意思是要小女子死嗎？」

還以為雅賽蘿拉公主會稍微慌張，但是她出乎本大爺的意料，面不改色地回答。就像是這方面的內心糾葛已經擺平。

本大爺沒叫她去死就是了。

因為本大爺要殺掉她，然後吃掉她。

「如果死了……如果了斷自己的生命，小女子或許會解脫。不過，將來發生相同問題的時候，會有人像小女子這樣非得了斷自己的生命，小女子必須拯救這個人。」

「…………」

她講得有點混亂，本大爺聽不太懂，總之她覺得因為痛苦而選擇死亡是一種逃避嗎？

哈，很正確。

不過，這份正確過於美麗，對於弱者來說是劇毒。這傢伙就是這樣屠殺各種國家與各種國民至今吧。

毒殺。

以名為美麗的劇毒殺人。

魔女的詛咒。

不過這麼一來，這傢伙本身就像是恐怖的魔女。總之，這傢伙以何種目的選擇何種生活方式，都是個人意識的問題，和本大爺無關。

不對，可不能這麼說。

無論對方是人類還是吸血鬼，本大爺原則上盡量不對別人的價值觀插嘴（本大爺的嘴只用來進食），不過這傢伙的目的以及基於目的選擇的生活方式，對本大爺來說只會造成直接的危害。

這可不是在說「本大爺只要想吃雅賽蘿拉公主就會自殺」這種短視的理由。

這傢伙要是就這麼為了拯救自己，為了拯救世界的將來而繼續流浪，最壞的狀況甚至會害得人類滅亡。為了拯救未來而殺害現在，這種自我感覺良好的想法著實可能招致這種悲慘的結果。

本大爺是怪物。

是怪物，是魔物，是吸血鬼。

區區人類變得如何都和本大爺無關——本大爺說不出這種話，這甚至攸關本大爺的生死。

即使是不死之身，正因為是不死之身，所以攸關生死。

本大爺原本就因為這個王國毀滅而陷入糧食危機餓死，反倒是本大爺非得外出流浪尋找食物才對。要是她繼續在所到之處以美麗進行屠殺，本大爺真的會想吃都沒得吃。

雅賽蘿拉公主美不足道的問題，對本大爺來說絕對不是微不足道的問題。

這就某方面來說是糧食問題。

要是人類滅絕，怪物也會滅絕。

食物鏈。食物連鎖。

滅絕也會連鎖——也會連結。

不能坐視。

……不過，就算這麼說，那麼，該怎麼做？

只要本大爺在這裡把這個公主吃得乾乾淨淨，一切問題都能解決，不過就是因為做不到，才會陷入這種難以解決的矛盾狀態。

不，冷靜思考吧。雖然本大爺討厭思考，但現在不是計較討不討厭的時候。

而且仔細想想，本大爺——決死、必死、萬死的吸血鬼迪斯托比亞・威爾圖奧佐・殊殺尊主，和「國色天香姬」雅賽蘿拉公主的利害關係意外地一致。

雅賽蘿拉公主不想殺人，本大爺想殺人。雅賽蘿拉公主活得很痛苦，本大爺吃不到雅賽蘿拉公主很痛苦。

怎麼樣，需求與供給不是漂亮契合了嗎？應該活用這個狀況。

該做的是餐前準備。

至今因為心急而失敗兩次。自殺兩次。

「喂，雅賽蘿拉公主。」

本大爺對她開口。

一反平常的作風，慎重行事。

本大爺接下來準備以話語籠絡這傢伙，但基本上不是抱持惡意欺騙。

惡意會原封不動反彈到自己身上。

成為自傷與自虐的衝動。

所以，始終必須順著公主的意思，徵得她的同意。這調理順序真複雜。

「妳有門路嗎？和至今一樣，一如往常離開已經毀滅的這個國家之後，妳認為下一個國家會有妳能拯救的某人嗎？在下一個國家，妳還是只會重複相同的事情吧？」

「……您似乎誤會了，小女子並不是將行經的國家全部消滅啊？即使力有未逮，小女子也盡量不讓這種事情發生。」

「不過，還是有極限吧？真的是力有未逮。關於妳的想法——關於妳的美麗想法，本大爺完全沒有否定的意思，但還是必須給妳一個忠告，毫無計畫繼續旅行是魯莽的行徑。」

忠告。

最不想聽別人說的東西，本大爺居然會對別人說。

明明完全不是做這種事的料。

「這……確實……」

不過，對於來自怪物的這句忠告，雅賽蘿拉公主沒有駁回，而是當面接受。

何其誠實。

如果是人類，光是看到公主的這副模樣，或許就會因為罪惡感而選擇自殺，不過本大爺是吸血鬼，所以勉強把持住了。

「就算您說魯莽，但小女子不知道其他做法。只能像這樣繼續流浪，否則找不到答案。」

「不，倒也不是喔。」

本大爺說。

這裡是關鍵。

「聽好，雅賽蘿拉公主。即使不是自願，妳還是毀滅了這個王國。事情已經過去，雖然不會要妳別在意，但也無從挽回。這是無法改變，屹立不搖的事實。不過，妳可以有效活用這個狀況。」

「有效……活用……」

「如今不必慌張離開，只要妳繼續留在這個王國，留在這個亡國，就不用繼續擔心自己殺更多的人。」

用不著擔心殺人，已經沒人可以殺了，總之，這樣不算說謊。

是在容許範圍內的說法。

「殊殺尊主，您怎麼這樣說呢？小女子會擔心自己殺害您吧？只要您想吃小女子，小女子就不能繼續留在這裡，因為留在這裡會殺了您。」

居然正經八百這麼說。

不是討厭自己被吃，而是不願意看見本大爺因為想吃她而自殺。不知道該說她內心善良，還是果然該說她內心美麗。

不過，這也是不必要的擔心。

應該說不必擔心。

「本大爺是不死的怪物。是決死、必死、萬死的吸血鬼迪斯托比亞・威爾圖奧佐・殊殺尊主。死亡這種事算不了什麼。公主，妳聽好，話說在前面，這種傢伙妳找不到第二個了。能夠待在妳身旁，死再多次都能復活的本大爺，是唯一能陪妳商量的對象。」

「商量？」

即使是「國色天香姬」的聰明頭腦，這個要求似乎也完全出乎她的意料，她露出吃驚的表情。

「對。本大爺如妳所見是怪物，卻不只是怪物，也有一些魔法造詣。算是非人怪異的嗜好吧。所以，本大爺可以幫妳一起思考如何解除妳身上的詛咒。怎麼樣？」

「…………」

換句話說，就是這麼回事。

雅賽蘿拉公主思考一陣子之後，筆直注視本大爺。

她的視線帶著力道，完全看不出足以形容為悲劇公主的軟弱。和巫婆的詛咒無關，感覺本大爺一個不小心就會被她除掉。

「您協助小女子的代價，就是將我留在這片領土，想找機會吃我嗎？」

答得真好。

講得更正確一點，如果能想辦法處理這傢伙的美，減弱到不會讓人類滅絕的程度，本大爺肯定吃得到這傢伙吧。

說穿了，就像是去除河豚的毒性。

利害關係一致。

不只是「很好」的程度。

利害關係如此一致的例子，天底下哪裡還找得到？

如果雅賽蘿拉公主達成目的，也同時能滿足本大爺的食慾。人類國家免於繼續滅亡，感覺這個計畫有利無弊。

討厭思考的本大爺即興編出這份食譜，不過挺不錯的吧？

「傷腦筋。殊殺尊主，看來只能和您聯手了。」

雅賽蘿拉公主隨著嘆息這麼說。

看似憂鬱的這個動作也好美。

不，美麗的應該是她堅定的意志。為了達成目的不惜和本大爺這種怪物聯手的意志。

要是這時候拒絕，只做得出「半桶水提案」的本大爺或許又會自我了斷。她或許是這麼想而妥協的，這份貼心才堪稱是最美麗的一面。

總之，怎樣都好。

只要本大爺能把她親手殺來吃都好。

只要不違背這個原則，其他事情大多不重要。

「那麼，請多指教。」

看來不是嘴上說說，雅賽蘿拉公主真的朝本大爺伸出右手。吸血鬼依照對方種族，即使是握手也可以進行能量吸取，她敢做出這個行為真的是好膽量。

剛才躺大腿的時候，本大爺一直想從腿肉開始吃，不過現在這樣甚至想從胸肉開始吃。

握手不是這個王國的習慣，哎，不過接下來這段時間，我們是為了解決彼此問題而合作的搭檔，這種小事就配合她吧。本大爺如此心想，握住雅賽蘿拉公主的右手回應。

這是第一次碰觸她的肌膚，碰觸她的肉。不是隔著衣服，是直接碰觸。

柔軟得像是會陷進去，摸起來好舒服。

這份觸感令本大爺忘我，然後——

009

看來，好像又死了。

總歸來說，被當成傳說般述說的吸血鬼本大爺，遇見被當成童話般述說的「國色天香姬」雅賽蘿拉公主，光是談好合作交易，本大爺就死了三次之多。

天底下居然有這種午餐會（不過是晚上）。

不過，總而言之，唯一確定的是本次協商以可喜可賀的結果收場，應該認定成果豐碩吧。本大爺多達三次的死，絕對不是白死或犬死。（註1）

真要說的話是鬼死。

像是鬼一樣死掉。

就這樣，本大爺邀請雅賽蘿拉公主來到「屍體城」。雖然只是表面上的，不過既然建立合作關係，就得把她留在身旁才行。畢竟本大爺連一秒都不想多待在這種破屋，繼續將寶貴的食材保管在這種場所也沒意義。

對於帶著惡意或敵意的攻擊，不得不稱讚「國色天香姬」擁有銅牆鐵壁的傲人防禦力，但她也無法在建築物經年累月劣化的崩塌中保護自己。

註1　此為「枉死」的漢字。

面對自然現象就無計可施。

基於流浪之身，總是以質樸儉約為原則的雅賽蘿拉公主，雖然只是暫住，但她認為住在城堡實在擔當不起而堅拒（這傢伙真客氣），不過想到可能滅絕的國民或許有極少數的倖存者，繼續留在任何人都能隨意接近的這個場所很危險。本大爺以這套說詞說服她。

說服的工作。

本大爺超不擅長這種事。

危險的不是雅賽蘿拉公主，是純真的國民，說不定聽到「國色天香姬」傳聞的別國人民也可能越過國境前來……總之本大爺費盡唇舌，忍著進行自己不擅長的說服工作。本大爺的居城「屍體城」因為各種傳聞而令人畏懼，神智正常的人類都不會靠近，所以只要前往那裡，這段時間就不會有其他人犧牲。

究竟是苦口婆心還是甜言蜜語，本大爺自己都無法判斷，不過像這樣回顧，就發現本大爺取悅食材的功力也大為升級。

不過本大爺比較希望食材的美味升級。

雅賽蘿拉公主當然也一併考慮到這些因素而接受邀請吧。究竟是誰取悅誰？

不用說，身為惡名昭彰的吸血鬼，強行抓走絕世美女幽禁在居城才是通則，但若對方不是絕世美女而是滅世美女，這一套就不管用了。必須試著誘拐，真的是以引誘、拐騙的方式帶她走。

話是這麼說，不過當本大爺看到雅賽蘿拉公主面對巨大的「屍體城」大吃一驚的樣子，多少有種一吐鳥氣，應該說計畫成功的感覺。

才因為連續死三次而出糗，所以必須稍微展示一下威嚴，否則會影響到今後的關係。

本大爺很偉大喔。

是城主喔。

不過，雅賽蘿拉公主似乎不一定是被城堡的宏偉樣貌嚇到。

「您……您獨自住在這麼大的城堡嗎……？」

她是這種反應。

看來她認為本大爺是內心貧瘠的吸血鬼。

居然會這樣。

本大爺的孤單形象即將定型。

「不，並不是獨自住在這裡，是和忠實的眷屬一起住。」本大爺像是辯解般說明。說明到這裡才想起來，對了對了，本大爺完全忘記特洛琵卡雷斯克的事。

放話說要進食之後瀟灑離開，最後卻什麼都沒吃就垂頭喪氣回來，想想這樣還挺丟臉的，不過在奴隸面前逞強也沒用。

「原來如此，有同居人啊……那麼，關於小女子暫住在這裡，不用得到那一位的許可嗎？」

真是的，這女人一反天生的凶惡，一反天生的凶惡美貌，動不動就設身處地為他人著想。居然還顧慮到吸血鬼奴隸的感受。

本大爺向她說明，即使先上車後補票也完全沒問題，本大爺的忠心眷屬，不可能對本大爺決定的事情提出反對意見。

「屬下堅決反對。主人，您在想什麼？邀請卑賤人類進入主人的居城，這太荒唐了。」

……遭到強烈反對了。

本大爺先帶雅賽蘿拉公主到會客室，然後回到王位，對正在運用能力與建築技術修繕地板的特洛琵卡雷斯克簡單說明原由之後，忠心的眷屬不等本大爺坐在王位上，也沒有跪下，當面就否定本大爺的計畫。

「意思是屬下不只要照顧主人，還要照顧卑賤的人類嗎？太過分了。」

「你這傢伙，原來自以為一直在照顧本大爺嗎……」

真了不起的職業意識。

就某方面來說或許是身為奴隸的骨氣。

像是隨時會哭出來的特洛琵卡雷斯克，令本大爺差點心軟。

「這是既定事項，沒要徵求你的意見。」

不過本大爺好不容易把持住，放話這麼說。

「還有，不准用『主人』這種平凡的稱呼。」

「恕……恕屬下失禮，殊殺尊主。」

特洛琵卡雷斯克像是回想起來般終於跪下。但他沒低下頭，而是用力注視本大爺。

即使是身為奴隸的骨氣，這骨氣也確實了不起。

令本大爺刮目相看——刮目俯瞰。

原本以為他是只有忠心可言的笨蛋，看來並非如此。

雖然搞錯場合又搞錯重點，不過本大爺後知後覺發現眷屬意外的一面，感覺挺開心的。

「別擔心。沒要你照顧人類。應該說，本大爺反倒是要趁現在叮嚀你，千萬不要接近雅賽蘿拉公主。」

「雅賽蘿拉公主……殊殺尊主，您……您居然記住這種卑賤人類的名字？」

特洛琵卡雷斯克錯愕般問。

你以為主人的記憶力多差啊？

本大爺好歹記得住專有名詞。

而且，你明明原本也是人類，居然厚臉皮一直說人類卑賤？

還是說，正因為原本是人類，所以感到厭惡？

同屬厭惡——前同屬厭惡？

哎，即使是本大爺這樣天生的吸血鬼，也無疑是從人類的怨念誕生，所以基本上同意「人類大多卑賤」這個意見。

沒必要刻意記住每個人做區別吧。

不過，那個女人不一樣。

雅賽蘿拉公主——「國色天香姬」不是卑賤的人類。

是極為高貴的人類，極為優質的肉品。

值得本大爺記住。

正因如此，所以得警告特洛琵卡雷斯克才行。

「正因為本大爺是決死、必死、萬死的吸血鬼，才能不把那個公主的壁壘放在眼裡，不過你這種程度的吸血鬼毫無招架之力。大概在見到她的瞬間就會化為屍塊吧。」

其實在見面瞬間化為屍塊的是本大爺，所以「不放在眼裡」這種說法再怎麼樣也過於打腫臉充胖子，但總之這時候要嚴加叮嚀才行。「國色天香姬」的美貌也適用於非人的怪異，本大爺已經親自確認了。

「既……既然這樣，更……更不能這麼做。殊殺尊主，不能讓這種危險人物進城……負責管理監督這座城堡的屬下，無法對這件事視而不見。」

管理就算了，你還自以為負責監督？以一對一的方式建立關係，果然會出現許多察覺不到的另一面。

基於這方面的意義，加入外來要素或許很值得。

「少囉唆，特洛琵卡雷斯克，到此為止吧。只要是一度決定的事情，本大爺曾經反悔過嗎？」

「屬……屬下認為滿多的……」

唔。

哎，說得也是。

很常見。

到頭來，明明決定要吃掉童話的公主而外出，卻帶著這個公主回來，本大爺的決斷力或信念強度受到質疑也在所難免。只是即使如此，本大爺自認始終是盡量做到自己決定的事。

以自己的作風，活出自己。

何況本大爺可不是邀請公主參加城裡的晚宴，反倒是邀她成為晚宴的菜色。

真要說的話就是採買食材。

這麼想就覺得奴隸反而應該讚揚主人的勤勞才對。

「你說得沒錯，這食材挺難調理的，不太能直接吞下肚。本大爺判斷必須確實仔細進行準備工作方便食用。所以別露出這種表情。照顧她的工作當然由本大爺負責。」

「照……照顧食材這種事，您做得來嗎？最後該不會還是由屬下做吧……」

「當然做得來。」

感覺像是撿回棄犬的孩子希望父母准許飼養，不過這樣比喻或許沒錯。

以狀況來說沒什麼不同。

差別在於本大爺把撿回來的人類當成食材看待。

「本大爺決定做得來。這是本大爺決定的，換句話說已經決定了。所以沒任何問題，不可能有問題。這就是本大爺的回答。放心，不會讓她住在這裡太久。等到突破那道美貌之牆，成功殺掉公主就行，不會太久。」

「……遵命。」

特洛琵卡雷斯克一副「變成怎樣都不關我的事喔」的樣子，看起來非常不情不願，甚至帶點恨意，但他終於准許「國色天香姬」暫住下來。

明明是本大爺的城堡，為什麼動不動就要得到部下的許可？本大爺仔細想想也覺得不可思議，不過這代表主僕關係也不是那麼簡單。

總之，雖然到這裡意外費了一番工夫，不過接下來才是本大爺的正題。

「所以，特洛琵卡雷斯克，本大爺想問問你的意見。」

明明才放話說不徵求眷屬的意見，本大爺卻發問了。

「你認為要怎麼做才殺得了『國色天香姬』？」

010

如果不怕誤解明講，就是毫無計畫。

沒有目的，沒有方法。

不，目的是要進食，卻沒有方法。

當時本大爺絞盡腦汁，無論如何都要妨礙公主啟程，油嘴滑舌說服她不能沒多想就前往其他國家，不過本大爺也幾乎和她一樣沒多想什麼。不只如此，本大爺甚至比她還沒有想法。

雖然嘴裡說會和她一起思考如何解除巫婆的詛咒，卻不是已經有什麼具體的點子。

沒有擬定計畫。

「並不是沒有魔法造詣」這句話絕對不是謊言，但這真的是「並不是沒有」的程度，沒辦法解除詛咒，或是以別種詛咒抵銷。

為了進行食材的事前處理，首先無論如何都要優先將「國色天香姬」保管在「屍體城」這個陰暗場所，但是說到接下來究竟該怎麼做，只能說依然迷失在五里霧中。

本大爺是吸血鬼，原本就可以變成霧，所以不會迷失就是了……

這下子該如何是好？

「所以特洛琵卡雷斯克，本大爺想借用你的智慧。記得你還是人類的時候屬於魔法師家系吧？」

「這是很久以前的事。」

對於主人的詢問，特洛琵卡雷斯克以冷淡態度立刻回答。並不是壞心眼故意這麼說（或許也有點故意吧），這個有品格的男人應該是打從心底不願意想起「人類時代的自己」吧。

總之，他雖說是魔法師卻是吊車尾，當時受到的待遇好像也不是很好，所以本大爺並不是無法理解這種心情（但即使是現在也很難說他受到良好的待遇）。

即使不是無法理解，但現狀也不是逐一體會這種敏感心理的場合。本大爺不是「國色天香姬」，所以和貼心無緣。

是前途堪憂的類型。

「總歸來說，那傢伙的『美麗』，就像是吸血鬼的『魅惑』吧？」

本大爺假裝成完全沒察覺特洛琵卡雷斯克心態的神經大條吸血鬼，試著說出自己的解釋。

魅惑。

這是本大爺與特洛琵卡雷斯克都具備，吸血鬼代表性的「能力」。類似製作眷屬的事前工作，可以干涉人類的精神，說穿了是一種催眠術，不過從「迷惑對方」的意義來說，和「國色天香姬」的美貌有共通之處。

效果端看對方的精神力，但我們可以控制這種能力，也就是收放自如。

那麼，推測無法控制的「國色天香姬」美貌，只要做法正確，或許也可以自由收放吧？

「不，完全不同。」

特洛琵卡雷斯克完全否定本大爺的提案。

他批判本大爺的態度逐漸不客氣。

很好很好。

「到頭來，施放在『國色天香姬』身上的東西，不能說是詛咒。」

「不是詛咒？」

「真要說的話是祝福吧。她受到的是祝福。」

特洛琵卡雷斯克說得像是曾經看過。再怎麼討厭人類時代的記憶，依然是本性難移嗎？

看來他在專長領域有自己的堅持。

「你說『祝福』是什麼意思？」

「迷惑周圍的『美麗』始終是她自己擁有的東西，和魔法或魔術無關。巫婆頂多只是將這份美麗化為肉眼可見罷了。」

「嗯，化為肉眼可見嗎……」

本大爺煞有其事點了點頭，卻聽不太懂。

將美麗化為肉眼可見。

是指內在的美麗嗎？

以料理來說，就是味道的部分。

不是擺盤或裝飾的部分。

「那麼，反過來對她使用看不見美麗的魔法就行吧？」

以不同的詛咒抵銷。

以眼還眼，以牙還牙。

以詛咒對付詛咒。

若說這是祝福，那更是對她施加詛咒就好。

「這也很難吧。如果是以前還很難說，不過現在這個時代，包括詛咒在內的所有魔法，恐怕都會被認定是一種『攻擊』，反彈到術士本人身上。十之八九會是這種結果吧。完全防禦。例如我們如果試著對『國色天香姬』使用『魅惑』，肯定是我們反而會被『魅惑』。」

「……如果想殺她來吃，反而可能會被她殺來吃的意思嗎？本大爺會被吃？迪斯托比亞·威爾圖奧佐·殊殺尊主會被吃？」

即使半開玩笑這麼問，特洛琵卡雷斯克也始終以嚴肅語氣回答「或許也有這種可能性」。

「現在這個狀況之所以勉強成立，可以推測這始終是因為殊殺尊主和『國色天香姬』的利害關係『乍看之下』一致。」

特洛琵卡雷斯克強調『乍看之下』這四個字。就像在說這是一種欺瞞。

「這是一種欺瞞。」

真的說了。

「對於主人迎合『國色天香姬』的心願邀她進城的這個想法，請容屬下特洛琵卡雷斯克惶恐提醒，今後只要走錯任何一步，您對『國色天香姬』的害意都會反彈到您自己身上。」

「哎，這部分本大爺做好心理準備了。」

至今已經死過三次之多。

事到如今，本大爺沒要迴避死亡。

不過這三次反彈到本大爺身上的與其說是害意，應該說是食慾。

「屬下不會進一步反對，不過殊殺尊主，應該至少先重整態勢再行動吧？與其說是重整態勢，應該說是重整身體狀態……屬下認為不能餓著肚子對付她。」

「這也是已經決定的事。空空如也的肚子，首先要裝的必須是那個女人。」

不需要前菜或餐前酒。

嚴格來說，本大爺已經吃過自己的心臟，不過在這種狀況應該可以不算數。

「……知道了。那麼，也容屬下調查有沒有其他方法吧。也不會放棄從魔法領域找方法。所以主人，請您千萬不要心急，慎重進行事前的準備工作。」

「嗯，那當然。不必重複這麼多次。擁有『殊殺尊主』這個名字的本大爺，並不是特別喜歡尋死。」

雖然向特洛琵卡雷斯克如此拍胸脯保證，不過在這之後，本大爺又過於心急撲向「國色天香姬」因而喪命兩次。

不負「（殊殺 @Suicide）尊主」之名。

011

本大爺不算聰明的吸血鬼，但是死過五次終究會知道，要對這個食材進行事前處理，使用的對策需要更徹底的變革。

因為被勾起食慾，即使再怎麼提醒自己要慎重行事，無論如何還是會心急，滿腦子都在想殺她的方法，不過這麼一來過再久也不會有結果。

肚子也差不多餓了。

顧得了眼前也管不了未來，何況連眼前的飢餓都顧不了。現在需要的是意識改革。

本大爺的意識當然不用說，公主的意識也一樣，說穿了需要一種革命。

也得讓雅賽蘿拉公主改變才行。

雖然想盡量發揮素材的原味，但還是需要調味料。換個調味比較容易入口。

忠心的眷屬特洛琵卡雷斯克·霍姆艾維夫·多谷司托靈格斯，即使對於卑賤的人類住在城內有意見，依然外出前往各地調查調理方法（受不了，他全身都是忠誠心組成的），但也不能就這樣無所事事等他回來。事情全交給部下，和本大爺的個性不符。

和本大爺的口味不符。

……順帶一提，說到和個性不符，關於食材的管理，正如先前和特洛琵卡雷斯克的約定，由本大爺一手包辦。

準備人類吃的食材，調理成人類吃的食物，早中晚送到為她準備的房間。早上與晚上就算了，在本大爺原本就寢的中午時間準備餐點如同地獄般煎熬，不過想到這也是事前準備的一環就可以忍耐。

本大爺睡在棺材裡，所以城裡的床至今完全沒用過，不過連鋪床都是本大爺的工作。

幸好特洛琵卡雷斯克外出不在。

本大爺勤快照顧人類的樣子，實在不能讓部下看見。

但是得讓食材過得舒適才行。

要是在不習慣的環境產生壓力，導致味道變差就糟了。

「小女子好歹可以照顧好自己。」

基於高尚的意識，「國色天香姬」當然客氣推辭，但事實如何就很難說。

她原本就有點養尊處優。

她當然有能力自己活下去，不過被國家驅逐（毀滅國家之後被驅逐）的流浪之旅——年輕女性之所以能獨自進行這樣的旅程，想必是多虧周圍的協助。

從她穿的衣物來看，應該是擦身而過的人們送給她的「貢品」。總之，要是不收下這些禮物，對方可能會獻上生命，所以雅賽蘿拉公主基於立場也無法拒絕這樣的熱情吧。

只是到現在，會送衣服的好心路人，在這個國家連一人都沒有了，所以同樣需要本大爺準備。雖然對不起以質樸儉約為原則的公主，不過既然要擺盤就要講究一點。

本大爺為她精心準備豪華至極的禮服。不過這傢伙穿什麼衣服都好看，精心準備禮服也沒有成就感。

總之，一反特洛琵卡雷斯克的操心，本大爺順利照顧著這份食材。要是管理有任何疏忽，很可能立刻致死（事實上，本大爺照顧她的這段時間死過兩次），所以飼養起來頗為提心吊膽。

然而可不能老是這樣。

即使本大爺不老不死也一樣。

「所以雅賽蘿拉公主，本大爺也要改變妳的意識。」

「……為了讓您吃掉，當事人小女子必須進行意識改革。殊殺尊主，您是這個意思對吧？知道了。」

公主點頭答應。

她真的知道嗎？

還以為凡走過就不斷屠殺的無情美女變得自暴自棄，但是這個女人的內心也沒那麼脆弱，反倒非常堅強。而且可以說就是這份堅強讓問題變得棘手。

吃起來可能會失去細膩的滋味。

「事到如今，小女子也希望盡量嘗試各種方法。不過，殊殺尊主，您說的意識改革，具體來說是要怎麼做？」

「本大爺的忠心部下說過，妳身處的現狀與其說是因為巫婆的詛咒，妳自己的美麗是更大的因素。那麼該處理的應該不是巫婆的詛咒，而是妳的美。」

「……？」

到頭來，雅賽蘿拉公主態度謙虛，很難說她對自身的「美」擁有正確自覺，所以看來聽不太懂本大爺在說什麼。

或許只是本大爺的說明不夠清楚。

不過，必須讓她理解才行。

要讓她有所自覺。

這道料理必須經過極為複雜的工序，和踩踏特洛琵卡雷斯克的背大不相同。

「雅賽蘿拉公主，總歸來說，為妳的美麗著迷的人類，會將比任何東西都重要的生命獻給妳。為了改變這個構造，妳只要變得不美麗就好。這就是本大爺的意思。」

「……這樣不算是解決問題吧？和小女子厭世自殺的做法沒什麼兩樣。」

這傢伙講得真直接。

面對吸血鬼毫不畏懼。

當然，她說得沒錯。

而且，以這種方式解絕不是本大爺的本意。比方說，如果改革意識之後，雅賽蘿拉公主拋棄原有的謙虛、貼心、關懷、高尚、善良或道德觀，應該就不會再發生屠殺吧。

人類不會死。

不會繼續有哪個國家滅亡。

不過，這稱不上是雅賽蘿拉公主期望的解決方式，也不是本大爺期望的解決方式。這種食譜沒有完全發揮食材的味道。

味道會走樣。

「總之聽本大爺說吧，雅賽蘿拉公主，並不是真的必須放棄妳的美麗，只要做給別人看就好。」

這是擺盤、裝飾的問題。

本大爺繼續說。

接下來才是重點。

「做給……別人看？」

「依照聽來的說法，事情原本的開端在於人們被妳外在的美麗迷惑，沒有任何人看見妳的內在吧？因此妳找上巫婆協助，使得人們不會被妳的外在迷惑，任何人都為妳內在的美麗著迷。是這樣吧？本大爺當然不是要妳拋棄內在。」

就算這麼要求也辦不到吧。

如果做得到，就不會這麼辛苦了。

現在做得到的，是很久以前已經進行一次的「意識改革」。

就像本大爺無法克制食慾，雅賽蘿拉公主也無法克制高尚的情操吧。這樣很好，這樣就好。這樣真的很好。

不過……

「不過，即使無法改變內在，也可以改變言行舉止吧？」

「言行舉止……意思是？」

「簡單來說，就是裝出『壞人』的樣子。要使壞。」

本大爺說。

「妳那高雅的談吐，洋溢氣質的舉止，現在立刻下定決心改掉。妳所擁有那份『美麗』的本質並未因而改變，所以沒關係吧？」

「…………」

雅賽蘿拉公主按著嘴角，像是在思考。

這副模樣看起來思慮周密，但本大爺嚴厲批判「不能再擺出這副模樣」。

「今後想事情的時候，妳不要按著嘴角，要雙手抱胸思考。就算這樣，妳思考的內容也不會變化吧？動作的差異完全不會影響思考的本質。」

「雙……雙手抱胸嗎……」

如同從來沒做過這個動作，雅賽蘿拉公主一副為難的樣子。講得貪心一點，本大爺希望她思考的時候盤腿坐在椅子上，或是懶散躺在床上，但是不能突然就把期望定得這麼高。

與其說期望過高，不如說期望過低。

從做得到的事情開始一步步來。

「今後禮服也幫妳準備設計更花俏的款式。用餐也不使用餐具，直接用手從盤裡抓起來吃。」

「直……直接用手？」

她的反應像是難以置信，但本大爺一個勁地繼續說「從某些角度來想，使用鋒利的刀叉用餐比較野蠻吧」強行說服。

本大爺只有說服的功力持續進步中。

總之，野不野蠻的判定是文化上的問題，是審視角度的問題。而且說穿了，審視角度的問題正是焦點所在。

是應該烙上焦黃烤痕的焦點。

如何展現——如何審視。

「可……可是，殊殺尊主，小女子……」

「雅賽蘿拉公主，立刻停止使用『小女子』這三個字。妳要認定每次說出這個美麗的第一人稱，就會有百萬人死亡。今後妳就自稱『吾』吧。」

「呃，『吾』嗎……這樣啊……那麼，說話方式本身或許也要改變比較好。要講得更傲慢，更討人厭。」

雅賽蘿拉公主一臉認真地點頭。

看她自己也提出新的點子，可見她的理解速度果然快。

這麼快的理解速度也是問題，這種思索的表情今後也不該做，不過這同樣不是突然就能改革的事情。先從能改的部分逐漸改起。

一步一步來，一點一點來。

「不是要妳當壞人，而且妳終究不可能染上邪惡吧。妳做不到的事，本大爺不會叫妳做。所以，你就假裝成壞人吧。若要換個說法，妳當個『面惡心善』的傢伙就好。」

外在的美麗再也藏不住內在的美麗。這是巫婆的詛咒，是「國色天香姬」的祝福。

既然這樣，就始終維持內在的美麗，只放棄外在的美麗，這麼一來，或許會像是將計就計，利用詛咒或祝福的法則包覆、隱藏內在。

說穿了，就是包起來烤的料理手法。

這麼一來，雅賽蘿拉公主就免於繼續殺人。

本大爺也殺得了她。

……一切都是假設。

不過，是值得一試的假設。

值得驗證──也可以說是試毒。

現在或許正在做一件滑稽到無法直視的事情，但我們可是正經八百到不行。

「知道了。更正，吾懂了。」

雅賽蘿拉公主在下定決心的同時，大幅將上半身往後仰。她大概也是這輩子第一次擺出這種趾高氣昂的姿勢吧。

「今後小女子……更正，吾將努力讓自己的言行舉止盡量粗俗。要向殊殺尊主看齊！」

「…………」

最後一句話真的很多餘，但本大爺就認同她的努力吧。這麼一來，「雅賽蘿拉公主」這個何其高雅又可愛的名字最好也改一下。

看她沒什麼堅持，或許應該由本大爺為她想一個合適的菜名——雖然只有一點點，但真的久違看見的希望之光令公主幹勁十足，本大爺則是在她面前思考這種事。

012

「『國色天香姬』受到的詛咒，是世人不會被她外在的美麗束縛。您使用的對策則是讓她的外在不堪入目。與其說是逆向操作，到了這種程度更像是一種諷刺。」

久違地從情報收集任務返回「屍體城」的特洛琵卡雷斯克這麼說，他的聲音使得本大爺清醒——看來，好像又死了。

好像是輕度餓死。

不過餓死沒有輕度或重度的差別吧。

真要說的話，就是胃裡空空如也所以很輕。本大爺的胃只吃過自己的肉片，所以長期處於空空如也的狀態。

現在無論吃什麼都可能覺得沉重。本大爺不在意就是了。

「殊殺尊主？」

特洛琵卡雷斯克詫異這麼問，看來這次的死亡沒被忠心的眷屬發現。要是敗露可能演變成大事（他可能會強行灌食），所以本大爺鬆了口氣。

「諷刺嗎……」

本大爺適度配合他的話題聊下去。

「這樣或許也不錯。實際上，那個公主的存在就是一種諷刺。」

「喔喔？您這麼說的意思是？」

特洛琵卡雷斯克對主人這句話興致勃勃地探出上半身。

向主人請教的這種態度很了不起，不過本大爺只是隨便附和這麼說，所以就算問本大爺這麼說有什麼意思，也沒有更深入的意思。

只是說說看罷了。

不過，這也難以啟齒。

不得已，為了隱瞞自己餓死，為了隱瞞剛才只是隨便搭腔，本大爺繼續說下去。這就某方面來說也是做個樣子。

「你想想看，從人類的價值觀來看，雅賽蘿拉公主肯定是絕對的正義，卻比身為絕對邪惡的本大爺或你屠殺更多人，到頭來，這個架構本身就很諷刺吧？是一種高尚的諷刺。那個女人追求崇高的理想，結果害得許多王國滅亡，真是啼笑皆非。」

「俗話說『水至清則無魚』……不過，將生命獻給『國色天香姬』的人們，屬下推測他們想必很幸福，是得償所願。」

這也是諷刺嗎？

不，是真理嗎？

雅賽蘿拉公主本身對此再怎麼憂苦，再怎麼悲嘆，就某方面來說和獻上生命的人們無關。即使懇求他們別這麼做，恐怕也是白費力氣吧。

與其說是諷刺，應該說是無視。

為了正確或美麗而尋死殉道，效能極佳的這種本能無從阻止。原因在於高尚的「國色天香姬」實際上完全無法理解他們凡人的價值觀與心態。

正因為無法理解，所以公主得以是公主。

因為不知道俗物或凡人的想法，所以造就了「國色天香姬」。

高貴的意識。

或者也可以這樣思考。雅賽蘿拉公主為國民帶來名為「死亡」的救贖。

因為他們的人生，在目睹雅賽蘿拉公主之後獲得圓滿。

獲得圓滿——得以完結。

哎，就算這麼說，「為妳而死的那些人就此心滿意足，所以別在意」這種論調也無法令她接受吧。那個雅賽蘿拉公主可沒這麼單純。

如果能這樣看開，就不會這麼辛苦了。

本大爺也不會這麼辛苦。

不過，既然這樣，那就別開吧。

雞蛋不開就做不出蛋包，那麼做水煮蛋就好。

端看廚師的手藝。

「維持內在的美麗，讓外在不美麗。這麼一來，驅魔的手法或許可以當成參考。」

「驅魔的手法？嗯？那是什麼？魔法嗎？」

「不，還不到魔法的程度。就像是父母為了避免兒女被我們這種妖魔抓走而進行的民俗傳承。故意為嬰兒取一個印象不好的名字，就不會被惡魔看上。」

既然是惡魔，或許比較容易被不好的名字吸引吧，不過，他說的有道理。

頗有味道——頗有不同的味道。

不只適用於「國色天香姬」，美貌總是伴隨著風險。為了將美貌占為己有，災厄總是會主動接近。

所以為孩子取個奇怪的名字驅魔，即使沒做到這種程度，也要打扮成毫不矯飾的平凡或怪異模樣，避免成為災厄鎖定的目標，這種做法堪稱人類的智慧吧。

雅賽蘿拉公主也是因為這份美貌而成為本大爺指定的食材，想到這裡就覺得可以思考出更深入的教訓，不過本大爺不是供給教訓的生物。

是吃掉人類的生物。

親手殺來吃。為吃而殺。

……不過，現在說的這個話題，感覺可以在今後幫雅賽蘿拉公主取新名字的時候當參考。原本想靈機一動就直接定案，不過既然是由本大爺命名，就不能只是取個印象不好或奇怪的名字。

就來深思熟慮一下吧。

「嗯？殊殺尊主，請問怎麼了？」

「不，沒事。」

正在幫雅賽蘿拉公主想名字的這件事，本大爺還沒告訴特洛琵卡雷斯克。光是記住「區區卑賤人類」的名字就大驚小怪，要是得知本大爺甚至在為她想名字，這個忠實的部下或許會再度歇斯底里。

這樣就傷腦筋了。

本大爺不想招惹更多麻煩事。

食慾會變差。

「只不過，有人為了追求肉體完美而想成為吸血鬼，另一方面也有人進行這種嘗試，本大爺覺得人類真是不簡單。」

「您說的一點都沒錯。人類的愚蠢與膚淺無藥可救。」

特洛琵卡雷斯克如此附和（但是附和的方向和本大爺的意圖完全不同），同時聳了聳肩。到了這種程度，感覺他不只是因為曾經是人類而嚴格看待人類。

或許他從人類時代就討厭人類。

看著這樣的特洛琵卡雷斯克，本大爺不經意這麼想。不對，如果是看見特洛琵卡雷斯克才想到這一點，那麼本大爺可說是太不關心這個勤快的奴隸，所以就當成本大爺天外飛來一筆想到這件事吧。事實上，被吸血鬼吸血而化為眷屬的人類，肉體會成為最佳化狀態。

和「外表獲得美化」是相同的意思。

雖然終究不到毀滅國家的程度，不過特洛琵卡雷斯克可以說因為被本大爺吸血，所以外表看起來比人類時代還要得天獨厚。

肌肉應該變得強壯，身高或許也變高。既然和疾病無緣，身體狀況也良好，變成這樣也是理所當然的。

不老不死就是這麼回事。

不死之身的意思。

不過停在這裡思考看看，成為吸血鬼之後，會在生命變成永恆的同時獲得肉體上的美麗，那麼精神上的美麗又如何呢？

這部分與其說是不死之身的意思，不如說是不死之身的下場。

老實說，雖說現在是食物，但特洛琵卡雷斯克昔日依然同為人類，這樣的他不斷說出歧視人類的言論，很難說他擁有美麗的內心。

他對本大爺的忠誠心要說美麗也行，但除此之外完全不行。忠誠心的另一個說法是奴性，說到這東西是否可以讚賞，果然還是有議論的空間吧。

而且，坐在王位上俯視特洛琵卡雷斯克，得意洋洋講得自以為是的本大爺，當然實在稱不上擁有高尚的內在吧。

是雅賽蘿拉公主想成為的「低俗」存在。

並非只有迪斯托比亞・威爾圖奧佐・殊殺尊主與特洛琵卡雷斯克・霍姆艾維夫・多谷司托靈格斯這對主僕是特例，公平來說，不會因為是吸血鬼就擁有高尚的身分或高傲的矜持。

當然，因為外表端正，所以看起來完全是紳士淑女，乍看像是連內在都高貴不凡，大部分的吸血鬼都是一副上流社會人士的模樣。不過既然身為吸血鬼就不會在上流社會，甚至是地底社會的居民。

到頭來根本沒什麼社會性。

只是在封閉的社群裡稱王罷了。

回到本大爺的話題，即使像這樣住在「屍體城」，本大爺也不懂政治，更不會統治。

是和這種智慧無緣的老饕。

即使擁有傲氣十足的領袖性質，但這種東西填不飽肚子。

只要能親手殺美味的東西來吃就滿足，所以也可以自虐地說這樣的內在比人類還膚淺。不過這種自虐也是一種從容。

在食物鏈位居人類之上的從容。

這份從容和「國色天香姬」的謙虛態度大不相同。

「總之……大概是活得久了，就不需要什麼內在的美麗吧。」

本大爺做出這個結論。

沒錯。

稱得上是內在之美的道德觀、正義感、悲天憫人的心懷，或是甚至願意拯救其他種族的態度，在追求長壽的時候應該完全派不上用場吧。

不，說「完全」有點過分。

關懷他人，和大家和睦相處的溝通能力，肯定是長壽的祕訣。不過，這也有其極限。

俗話說「適可而止」。

有時候如果想活下去，無論如何都得採取低俗手段。假設化為吸血鬼之後，不只獲得健全的肉體，還獲得健全的精神，可能因為必須以曾經相同種族的人類當食物，無法承受這種罪惡感而自我了斷。

所以，吸血鬼的精神性，在本質上卑劣一點或許剛剛好。可以說是永恆生命的代價。

人類正因為壽命不長，所以能活得美麗。

依照這個道理，短命的細菌可能是最美麗的，這就暫且不提吧。

本大爺這樣的吸血鬼們再怎麼長壽，即使將「魅惑」的能力發揮到極限，也永遠達不到「國色天香姬」的境界。

活得愈久愈達不到。

這不是什麼好難過的事，但是沒對此感到難過，或許是吸血鬼的極限。哎，正因為本大爺是這個樣子，才能成為雅賽蘿拉公主的範本，所以就往好處想吧。

「殊殺尊主，您果然怎麼了吧？您從剛才好像就經常在想事情……難道說，您該不會在屬下沒察覺的時候餓死吧？」

真敏銳。

「就說了，沒事。本大爺說沒事，所以沒事。」

本大爺露骨地掩飾。

「不提這個，特洛琵卡雷斯克，你收集情報有收穫嗎？本大爺的計畫也不確定能確實得到成果，如果你有更確實的提議，本大爺可以聽你說說看。」

「不，殊殺尊主，很遺憾，屬下沒有該報告的事。因為就算收集情報，王國人民也死光了。屬下甚至連走路都遇到障礙。」

特洛琵卡雷斯克說。

怎麼不用飛的？本大爺如此心想，不過這麼說來，特洛琵卡雷斯克還沒辦法長出翅膀，所以移動要靠陸路。

一邊撥開屍體一邊行進。

想必很辛苦吧。

本大爺想慰勞他一下，但是既然沒有成果就很難這麼做。本大爺不擅長誇獎徒勞無功的傢伙。

「屍體開始腐敗，所以屬下將屍體吃掉、埋掉或燒掉，就所見的範圍盡量處理完畢。」

「這太棒了。幹得好。」

「？」

本大爺勉強誇獎幾句，但特洛琵卡雷斯克只是詫異地歪過腦袋。哎，即使受到不明就裡的稱讚，他也不會說「屬下承擔不起」這種話吧。

本大爺真的不適合當主人。

「屬下像這樣暫時回城，不過好不容易完成打掃工作清出一條路，所以接下來屬下想前往國外，擴大收集情報的範圍。屬下愚昧認為或許可以造訪『國色天香姬』的故國。」

「故國……查出來了嗎？」

「不，屬下掌握的情報始終是童話，不過已經選定幾個滅亡的國家可能是童話原型。」

「原來如此。看來靠得住。」

本大爺嘴裡這麼說，不過目前從這條線索應該得不到成果。這方面交給特洛琵卡雷斯克，本大爺只能貫徹本大爺的計畫，讓雅賽蘿拉公主「耍壞」的計畫。

「其實是好人」的傢伙，大致上都只是「偶爾是好人」，不過如果是那個公主，肯定能飾演好這個角色吧。

不走味以便將來讓本大爺吃掉的努力，她也不會鬆懈。現在她肯定也在房間自己練習如何讓自己看起來低俗。

「無法奢求洗練的擺盤是一種遺憾，不過光是洗乾淨吃也不算料理。畢竟也有人說古怪的東西比較好吃。重點在於味道。要看內在，看裡面的味道。這麼說來，人類世界好像也認為最重要的不是外在。」

「屬下明白。這應該是一種真實吧……不過，『國色天香姬』本人有什麼打算？」

「嗯？你說『有什麼打算』是什麼意思？」

「沒有啦，執行這個計畫，或許能實現主人您的願望，可以滿足主人您的食慾。即使這個計畫沒能順利結束，也可以再思考別種手段吧。不過，對於『國色天香姬』來說，即使計畫順利結束，到時候也是主人您以利牙享用她的時候。這麼一來，就搞不懂『國色天香姬』的目的是什麼了。您不這麼認為嗎？」

「…………」

確實。

本大爺總是從自己的立場思考自我本位的事，這麼一來就可能想錯方向，但那傢伙並不是想被本大爺吃掉。那傢伙只是不希望屠殺人類，不希望毀滅國家。

不過，假設這個願望得以實現，要是這一瞬間被本大爺吃掉，不就是本末倒置嗎？

即使她已經接納這部分，才進入這座「屍體城」和本大爺這個妖怪結盟……

那個公主大人今後究竟有什麼打算？

013

沒什麼打算不打算的。

那個公主大概打算乖乖被本大爺吃掉吧。

事到如今，那傢伙不惋惜自己的生命。

至今數百萬人，搞不好數千萬的人類獻出生命，卻只希望自己得救？那個女人不會有這種獨善其身的想法。

那傢伙再怎麼陷入精神上的絕境依然沒自殺，至今也繼續旅行的原因，在於自殺無法解決問題。

就本大爺來看，自殺也是了不起的解決之道，不過就她的意識來看是放棄問題，而不是解決問題吧。

而且雅賽蘿拉公主認為只要得到她想要的解決之道，即使失去生命也無妨。進一步來說，如果能以生命為代價，讓「國色天香姬」的童話完結，她應該會認為這是物有所值的不錯交易吧。

雖然不一定是美好的結局，不是能讓童話聽眾滿意的舒坦結果，不過這部傳承到未來的童話，還是需要某種不是虎頭蛇尾或不了了之的終結，這就是公主的世界觀。

無聊。

本大爺可不能貿然以這兩個字割捨。

多虧這樣的世界觀，本大爺才得以享受極致的肉質，或許反倒應該謝天謝地才對。不過某處還是留著難以接受的疙瘩。

比生命更重要的東西。

以生命為代價也想要的東西。

不過，這種東西果然只是理想吧。這是擁有永恆生命的吸血鬼永遠不會懂的事情嗎？

這麼一來，無聊的就是本大爺。

不美麗的就是本大爺。

哎，算了。

無論如何，本大爺非得繼續執行「國色天香姬改造計畫」。雖說是為了吃，不過一直照顧人類終究會煩。

本大爺不是當主人的料，更不是照顧別人的料。

這工作原本就不能交給特洛琵卡雷斯克，不過既然那個奴隸再度出城收集情報，改造計畫就必須由本大爺獨自繼續。

總之，並不是要連內在都改變，所以與其說是「改造計畫」，說成「粉飾計畫」比較正確吧？

關於第一人稱或言行舉止的指導，本大爺自認做得很徹底；用餐也是，不只是不用餐具，還提醒自己盡量準備充滿鄉土味的簡樸料理。

服裝的話說來遺憾，還在摸索階段。

洋溢氣質的禮服絕對不能用，就算這麼說，過於清涼或是裙子開高衩會莫名性感。

本大爺可以判斷性感與美麗有相近之處，所以這不是出自本意。或許只要記得將她打扮成俗稱的「土裡土氣」就好，不過即使是為了食慾，本大爺的品味也有堪稱不能退讓的底線。

雅賽蘿拉公主也有吧。

什麼樣的服裝不會過於高雅時尚，卻能夠適度毀掉內在的美麗？本大爺真的傷透腦筋。

總之，這方面還有檢討的餘地吧。

如此心想的本大爺，今天（不過心情上是今晚）也為了餵食食材以及為公主上課而前往她的房間。本大爺沒有敲門的習慣，所以隨手開門。

不知道這是好事還是壞事，本大爺因而目睹出乎意料的光景。

房間中央，雅賽蘿拉公主正要進行難以置信的行動。

公主居然舉起房內的銀燭臺，顫抖的手隨時要將燭臺前端插入自己的右眼。

插入閃耀銀光的眼珠。

本大爺不擅長思考，卻擅長在思考前就行動。本大爺連忙扔下端來的餐盤，將吸血鬼的爆發力發揮到極限，衝進房內，以右手搶過燭臺，同時以左手推開雅賽蘿拉公主。

抓住的燭臺是銀製的，所以手心稍微傳來燒灼般的痛楚，不過對本大爺來說只算擦傷。

不過與其說是擦傷，應該說是燙傷。

推開的公主正如本大爺的計畫，確實倒在床上。

「殊……殊殺尊主？」

她維持仰躺的姿勢看見本大爺，一臉吃驚的表情。

吃驚的是這邊才對。

本大爺甚至怒從中來。

「妳是笨蛋嗎？事到如今都走到這一步了，為什麼要糟蹋自己的生命？」

這番話充滿道德良知，不像怪物會說的話，卻是本大爺毫不虛假的真心話。這個公主不是擁有不惜以生命為代價也要實現的願望嗎？

要是在這裡自殺，好不容易呵護至今的食材將會化為烏有，不過這傢伙想自殺的事實本身更令本大爺憤怒。

不過，看來是本大爺太早下定論了。

這很常見。

「殊殺尊主，您誤會了。」

從床上起身的雅賽蘿拉公主這麼解釋。

「啊，更正，殊殺尊主，你搞錯了。」

她重說一次。以粗俗的語氣說。

「小女子……不對，吾不是想自殺。只是想說，如果像那樣挖出一顆眼珠，那個，對……感覺像是海盜，或許可以增色。小女子是……吾是這麼想的。」

大概是本大爺的氣勢令她大為困惑，最近變得像樣的遣詞用句亂成一團，總之這不重要。至少她說明那個自殘行為的意圖了。

「增色」是吧……

哎，海盜的眼罩不一定是一顆眼珠被挖掉的結果，不過她現在的行為如果解釋成是努力的一環，這份膽量就值得敬佩。身為教導雅賽蘿拉公主何謂粗俗的講師，本大爺在這個局面反倒應該誇獎她幾句吧。

「不准再犯。」

然而本大爺這麼說。

「這份努力可以認同，卻有點用錯方向。妳為了達成目的不擇手段的態度，本大爺佩服不已，但是做這種事解決不了任何問題。」

「為……為什麼？」

聽她這麼問，本大爺才開始思考理由。或許可以說是牽強附會。

「本大爺這種不死之身就算了，對於妳這種人類來說，肉體的殘缺無法挽回吧？無論要偽裝還是虛張聲勢，這始終應該是『假的』，是『裝出來』的。真的受傷做什麼？這種做法和那些將生命獻給妳的人類有什麼兩樣？妳拋棄『國色天香姬』這個身分的過程中，絕對不能付出任何犧牲。妳這種做法，等同於想以死亡解決問題吧？」

這是放棄問題。

雅賽蘿拉公主自己說過的話語，本大爺原封不動重複一次。

「說得也是……一點都沒錯。殊殺尊主，不好意思。這真的該反省。如您所見，請原諒。」

她消沉到這種程度，本大爺也覺得尷尬。不對，不是尷尬，是愧疚。那就麻煩了。本大爺可能會因為罪惡感再度自殺。

無論如何，本大爺判斷繼續這個話題不是上策。

「妳的遣詞用句又亂了。不對，又沒亂了。」

本大爺這麼說，暫且將這件事做結。

「說得也是。對喔。抱歉啦，殊殺尊主。」

雅賽蘿拉公主端正姿勢，不對，是放亂姿勢，然後高姿態道歉。嗯，這樣就好。不對，應該說這樣就壞？感覺自己思考過度開始混亂了。

「唔……」

事情告一段落，本大爺終於有餘力環視室內，但回神一看就發現亂七八糟。

不只是燭臺，所有家具的位置都和上次看見的不一樣。有的倒下，有的整個翻過來。

還以為本大爺衝進房間的時候不小心捲起旋風，不過看來不是那麼回事。這次的「布置變化」看來出自雅賽蘿拉公主之手。

努力的一環嗎……

看來是想藉著弄亂房間「耍壞」。不過，房間變成這副模樣，確實很難形容為「美麗」就是了。

暫且不提方向性，這個公主果然基本上是努力派。

只可惜這份努力至今只造成反效果。

秉持不想殺人的宗旨卻害死人。這樣的惡性循環。

不知如何是好。

不過更仔細看會發現，室內的散亂方式似乎遵循一定的規則。是等距離散亂的。

藏不住始作俑者的品味。

就某些角度來看，這種配置也可以形容為美麗吧。

今後要走的路還好長啊……如此心想的我「咯咯！」大笑。

「哪……哪裡好笑了？」

雅賽蘿拉公主深感意外般問，但本大爺確實是覺得好笑而笑。不過接下來的路漫長到只會絕望，明明不是笑的場合才對。

「不，沒事，只是在示範給妳看。這真的是用來增色的帥氣笑法範本。」

本大爺是為了掩飾而這麼說，不過這麼說來，本大爺察覺自己沒看過這個公主的笑容。

沒看過笑容，也沒聽過笑聲。

嚴格來說，想吃她卻自殺時的記憶不明確，但很難想像這傢伙居然會在這種場面露出微笑。

面前有人自殺的時候笑，這是吸血鬼在做的事吧？

「妳……沒笑過？」

到頭來，這女人本來就缺乏表情。頂多只有吃驚或困惑的時候改變表情。她該不會是故意裝作面無表情吧？

上流階級的女性不該將情感表露在外……是這種禮儀嗎？本大爺如此心想，但事實似乎相反。

「因為小女子貿然露出笑容，就會毀滅國家。」

雅賽蘿拉公主說。

絕對不是誇大其詞。

既然一顰一笑會奪人性命，養成扼殺表情的習慣也不奇怪。說穿了沒什麼，不需要本大爺提議，這個公主就下意識地積極努力隱藏自己的美麗。

不過，不能笑的人生何其無趣。壓力恐怕會對肉的味道產生不良影響。應該立刻採取對策。

「那麼雅賽蘿拉公主，妳今後就以本大爺剛才示範的方式笑吧。那種笑法和美麗沾不上邊。」

「是……是剛才的『喀喀』嗎？是那個嗎？」

「沒錯。要這樣笑。喀喀！」

「喀喀！」

即使是優等生雅賽蘿拉公主，終究也無法應付突如其來的無理要求吧，臉上的笑容像是在抽搐，不過以第一步來說及格了。

「這樣就行吧。如果是這張笑容，任何人都不會死掉。」

「謝……謝謝您。不對，感恩啦，喀喀！」

「雅賽蘿拉公主，就是這個調調。不，就是要這種脫線的調調。本大爺去重做一份餐點過來，這段時間妳就繼續練習吧。」

本大爺這樣下令之後，離開房間來到走廊。剛才衝進室內時扔下的盤子幸好沒破。

不過料理散落一地。

本大爺見狀，心情變得難以言喻。

說不出任何話。

當然是因為費心製作的料理白白浪費掉而感到遺憾，卻還有其他的心情。

總之，叫公主吃掉在地上的料理也很過分，她還沒能狂野到這種程度。

到了這種程度將會影響內在。

外在與內在。

中間的界線真難畫……

甚至感覺兩者其實是一樣的東西。

她不惜挖出自己的眼珠，如果本大爺命令，她或許也會照做，不過要是貿然強迫，這個「攻擊」可能會被判斷不是教導而是虐待，反彈到本大爺自己身上。

「好痛……」

撿拾料理的時候，右手心的燙傷作痛。雖說是不死之身，不過這是銀製品造成的傷害，所以回復得慢。

最近什麼都沒吃，所以更慢。

受不了，這公主真是欠人照顧（沒想到這種老套台詞會出自本大爺之口）。

看來不能只烤到三分熟。

為了以防萬一，或許最好把房裡尖銳或鋒利的東西拿走……嗯？

此時，本大爺察覺了。

這麼說來，右手傷害還留著，但左手完全沒事。剛才明明推了雅賽蘿拉公主一把不是嗎？

完全沒受傷。

沒有反彈任何傷害。

完好如初。

「…………？」

因為她被推倒在軟綿綿的床上沒受傷，所以沒被認定是攻擊嗎？哎，大概是這麼回事吧。

不過即使如此，這時候還是應該認定始終只是自己走運。

因為這邊貿然碰觸雅賽蘿拉公主就意味著死亡。

應該避免繼續死下去。

因為不老不死的本大爺也不是可以死無限次。

「喀喀！」

門後傳來依然拙劣的笑聲。

哼。

本大爺承認她很努力，不過看樣子，本大爺心情最好的時候，放聲發出又酷又硬派的那種笑聲，還要好一段時間才能教她了。想到這裡，本大爺果然自然放鬆臉頰一笑。

014

看來，好像又死了。

再度餓死。

再度死在王位上。

而且這次被特洛琵卡雷斯克發現了。

「主人，請適可而止吧。屬下求您，請進食吧。若您事到如今依然說您還不想吃任何東西，請您砍掉屬下的腦袋。」

面對像這樣不斷責備的奴隸，本大爺沒心情命令他從「主人」改為使用「殊殺尊主」這個稱呼。

畢竟現在不是講這個的時候。

而且特洛琵卡雷斯克說得對。

正確到令本大爺抗拒。

「在屬下沒看見的時候，您究竟死了多少次？身為決死、必死、萬死的吸血鬼，您未免也死過頭了。」

用不著他這麼說。

不過，本大爺即使承認他正確，還是繼續絕食。因為本大爺已經決定首先裝進肚子的食物必須是「國色天香姬」。

已經決定了。

剛開始只是心血來潮，如今卻是絕對不能退讓的底線。如果不能把那個公主當成第一份食物，本大爺將不再是本大爺，再也無法自稱是「殊殺尊主」。

本大爺就是死腦筋到這種程度。

休想要本大爺自稱是「前殊殺尊主」。

「事到如今哪能放棄？你以為本大爺在那個公主身上投資多少心血了？本大爺就像是熟練的執事，勤快照顧雅賽蘿拉公主啊。已經達到相當不錯的程度了。不是管家的稱職度，是身為廚師做到不錯的程度。只要再忍耐一段時間，本大爺就能品嘗到極致美食。」

「您說的『一段時間』，具體來說是多久？」

平常真的如同熟練執事勤快照顧本大爺的特洛琵卡雷斯克，今晚連一步都不肯退讓。

本大爺都已經明確宣布不會退縮，他也沒有離開，繼續和本大爺對峙。

「到頭來，您真的打算吃掉『國色天香姬』嗎？」

「……本大爺可不能裝作沒聽到這句話。」

「既然您不肯聽進去，那麼請砍掉屬下的腦袋吧。」

特洛琵卡雷斯克執拗地重複這麼說。

因為是執事，所以執拗。

或者說執幼。

並不是自以為本大爺做不到這種事，這傢伙反倒希望本大爺這麼做吧。

熟知本大爺「親手殺來吃」這個主義的特洛琵卡雷斯克，想要故意被本大爺殺掉，讓本大爺吃掉他。

這個賣弄小聰明的傢伙。

本大爺佩服他。

不過，可不會中他的計。

不吃這種計。

本大爺第一個要吃的始終是雅賽蘿拉公主。

「那麼現在立刻吃掉不是好嗎？事前準備肯定已經足夠。」

「本大爺不是說過嗎？還要一段時間。雖然醃得差不多了，但是還不相融。走到這一步，本大爺可不想失敗。謹慎以求完美是理所當然的。不然你以為本大爺想怎樣？」

「恕屬下斗膽請教。主人，您該不會在照顧那個人類的這段時間，萌生捨不得的情感吧？」

特洛琵卡雷斯克這麼說。態度不像他說的那麼斗膽。

像是瞪著本大爺這個主人。

「……什麼意思？」

「屬下想詢問的是，您該不會想要就這麼一直將『國色天香姬』養在這座『屍體城』吧？請您否認。」

不對。

並不是這樣。

這不就等於本大爺成為「國色天香姬」的俘虜嗎？本大爺始終把那傢伙視為食材。

是為了吃她而養她。

如果本大爺這時候以威嚴態度堅決這麼說，特洛琵卡雷斯克應該會相信吧。至少只能相信。

身為奴僕，他沒有別的選擇。

那麼，本大爺或許應該這麼做。

既然不砍他的腦袋，做主人的本大爺至少要為奴隸說出他可以依賴的話語。

然而，本大爺做不到。

因為聽他這麼說，本大爺首度察覺，自己內心某處認為這樣的生活也不差。

太大意了。

看到雅賽蘿拉公主要刺殺自己的時候，本大爺為什麼慌成那樣？「國色天香姬」粉飾計畫還有很長的路要走而束手無策的時候，本大爺為什麼忍不住微笑？

感覺特洛琵卡雷斯克告知答案了。

在養育公主的過程中，覺得養育本身是一件快樂的事。這樣的本末倒置被部下看透，本大爺感覺難為情，卻無法出言否定這份心情。

不只如此，特洛琵卡雷斯克應該早就察覺碰到銀製品而燙傷的右手心吧。既然被看見，如今又能說些什麼？

所以，本大爺以粗魯的語氣下令。

「這種事不重要，快點報告吧。特洛琵卡雷斯克・霍姆艾維夫・多谷司托靈格斯，完成你的職責吧。」

明明這麼做掩飾不了任何事。

「……毫無收穫。如先前所說，屬下越過國境，也探訪『國色天香姬』的故國，不過……」

特洛琵卡雷斯克已經盡顯不滿，但他還是服從命令。不提他不該有的反抗態度，如果找到吃掉「國色天香姬」的方法，他應該會開心報告，所以應該不是在說謊。

和本大爺不同。

「畢竟愈熟悉『國色天香姬』的人，愈傾向於獻出自己的生命，所以屬下束手無策，連傳聞都幾乎收集不到。」

本大爺不認為他滿嘴藉口。

滿嘴藉口的反倒是現在的本大爺吧。極為嚴重。

不，以本大爺的狀況，甚至不算是講藉口。

只是遮羞。

不是吸血鬼會做的事。

「這樣啊。那麼，看來只能專心走現在這條路線吧。你辛苦了。」

即使沒得到成果，本大爺還是稱讚部下，不過特洛琵卡雷斯克看起來一點都不高興。

大概是注意到本大爺愉快說出「只能專心走現在這條路線」這句話吧。想到這裡就尷尬，所以本大爺催促他說下去。

「你剛才說『幾乎』，那麼應該多少有點收穫吧？」

「總之……這部分，多少有一點。不過，這算是童話之類的東西，刻意說出來也很荒唐。」

「童話？那不是很好嗎？『國色天香姬』也是童話吧？」

「以詛咒對抗詛咒」的方案已經廢除，不過「以童話對抗童話」或許可以成為替代方案。

「總之說說看吧。」

之所以催促他繼續說，與其說是認為這點子不錯，老實說，更是為了激勵消沉的奴隸。

不過，本大爺這份顧慮看在特洛琵卡雷斯克眼裡，應該是多餘的關懷吧。

這個情報大概是不值一提，可以的話想要就這樣不向本大爺報告的小事。本大爺硬是逼他說出口。

「不是特定的某個童話，而是在人類社會普及的傳承。」

特洛琵卡雷斯克以此做為開場白說下去。實際上，這確實是就算報告也沒什麼助益的無用情報。

「自古以來，要解除公主身上的詛咒，唯一的方法就是王子的吻。」

「……喀喀！」

喂喂喂。

講這個情報給本大爺聽是想怎樣？

本大爺只是高傲坐在王位上，非但不是王子，還是怪物啊？

015

說正經的，「國色天香姬」的詛咒或祝福什麼的，如果唯一解除的方法是王子的吻，本大爺只能說無計可施。

雅賽蘿拉公主的流浪之旅，如果是為了遇見這個王子，以故事或童話來說或許真的可以完美成立吧，但實際問題在於很難想像這種王子真實存在。

本大爺當然不是這個人選。

天底下有哪個傻子，願意接受可能毀滅自己國家的公主？這種王子太缺乏政治概念了。

沒資格成為統治者。

即使有哪個瘋狂……更正，哪個專情的王子不惜背叛全體國民也要拯救雅賽蘿拉公主，擁有這種危險心態的傢伙，雅賽蘿拉公主也會拒絕吧。

過度自我犧牲或是置生死於度外的獻身，正是最折磨她的真凶。

如果硬是要從這條路線來找，那麼本大爺就應該有個吸血鬼的樣子，去某國抓王子回到這座「屍體城」，撮合他和雅賽蘿拉公主。

到了這個程度，就不只是食材的保養或飼養，還著手進行食材的繁殖，這麼做就像是老饕進一步自己開餐廳的感覺，不過這或許是挺有效的方案。

不過，本大爺完全不想這麼做。不想看到某國的英俊王子和雅賽蘿拉公主結為連理。

本大爺自己都覺得胡鬧。

「要打倒你的是本大爺」這種話，本大爺曾經脫口說過，不過「要拯救你的是本大爺」這種話，本大爺連想都沒想過。

到頭來，「拯救」是怎樣？

不是拯救，應該是要吃掉吧？

還是說，雅賽蘿拉公主將會就這樣一直幽禁在這座城堡到死，該怎麼說，要一直和她玩這種「壞女人遊戲」嗎？

壞女人遊戲——家家酒。

……這樣或許也不錯。

雖然不是被特洛琵卡雷斯克看穿隱藏的願望而豁出去承認，但本大爺隱約這麼想。

到頭來，本大爺並不是第一次欣賞人類。留在身旁的特洛琵卡雷斯克原本也是人類，「國色天香姬」不是特例。

本來想吃、本來想殺的人類，到最後卻收為眷屬，這就像是吸血鬼的嗜好。沒什麼好稀奇的。

不，人類也一樣，對於原本想養來吃的動物產生情感，照顧久了就捨不得吃的狀況也是存在的吧。聽說還有下定決心不吃任何肉的素食主義者。

總之，自豪是本大爺唯一眷屬的特洛琵卡雷斯克——將人類當成低等生物瞧不起的特洛琵卡雷斯克會這麼反彈也在所難免，不過這麼想就可以說這不會發生什麼大問題。

因為，即使本大爺對雅賽蘿拉公主產生情感，再也無法當成食材看待，也不會發生進一步的事。

再怎麼為「國色天香姬」著迷，本大爺也不會將她收為眷屬。

與其說不會，應該說不可能。

辦不到。

對於吸血鬼來說，要收為眷屬還是要吃掉，本質上該做的事情都一樣，就是插入利牙吸血。

吃光，或是吃剩。

只是這種程度的差別。

本大爺甚至無法隨心所欲碰觸那個公主，無法將「國色天香姬」收為自己的眷屬。所以頂多只能將那個女人監禁在這座城堡到死。

既然這樣，就只是短短幾十年的事。

雖然不會說稍縱即逝，不過對於擁有永恆生命的吸血鬼來說，這始終是短暫時期的事。

這段短暫的時期，不會威脅到特洛琵卡雷斯克的勢力範圍。

短短幾十年的期間。

不，實際上應該更短吧。

本大爺不可能一直照顧人類下去。如同無法將雅賽蘿拉公主收為眷屬，本大爺同樣不可能永遠為那個公主盡心盡力。

要是判斷沒辦法繼續照顧，肯定會讓她從城內解脫，放生出去。如同讓養不下去的寵物擺脫鎖鏈。

這麼做不負責任，不過真要說的話，本大爺一開始就對雅賽蘿拉公主沒有任何責任，更沒有任何權利。

不過，說不定反倒是那傢伙會認為本大爺「沒用」，死心想離開城堡。實際上，本大爺沒有阻止她的手段。

無論蠻力還是能力，在美麗面前都是無力的。

雅賽蘿拉公主將會再度展開流浪之旅，再度重複亡國的暴行。即使人類會在最後滅絕，雅賽蘿拉公主也會基於崇高的目標意識，不會停止這趟旅程吧。

到時候，吸血鬼肯定也會陷入糧食危機一起滅絕。

這是必須迴避的事態，不過既然無計可施，就只能認定無計可施而死心。這是無法違抗的宿命。真的只能期待奇特的王子出現。

總之，一直煩惱也沒用。

本大爺沒有決定不吃那個公主。即使特洛琵卡雷斯克的指摘不是完全落空，一旦雅賽蘿拉公主處理到能吃的狀況，或許食慾還是會獲勝。

現階段的事前準備工作，還沒做到可以吃她的階段。本大爺可不認為自己的這個判斷是錯的。

包含本大爺的想法在內，目前還是保留所有可能性比較好。

不過，即使如此，沒錯。

說得也是。

差不多是時候決定那傢伙的新名字了。調理已經進展到這個步驟。畢竟不該一直延宕下去，點子也已經用盡，到了這個地步還是靈機一動趕快決定比較好。

就像東洋刀一樣擁有美麗閃亮內心的那個女人，究竟適合取什麼樣的名字？

啊啊，對了。雖然以吻來解除詛咒是荒唐的想法，不過為了求個好兆頭，或者說為了去個霉氣，把「kiss」加在她的名字裡應該很可行吧。

016

看來，好像又死了。

是餓死。

不知道第幾次了。

差不多已經餓死到膩了，不過這可不是膩了就能停止的事。不只如此，還愈來愈頻繁。

本大爺照例不太記得死掉時的狀況，不過依照印象，感覺最近一個晚上會餓死兩三次。

剛復活的時候明明應該體力全滿，卻覺得全身好像累積慢性疲勞。或許絕食生活也差不多已經達到極限。

雖然不到站不穩的狀態，不過以這種身體狀況，或許不是照顧別人的場合。甚至連自己都照顧不好。

正如字面所述，是個令人傻眼的欠照顧傢伙。

真是的。

本大爺粗魯搔抓自己的金髮，整理死前的記憶。

對了，慢慢想起來了。這次是在思考雅賽蘿拉公主新名字的時候死掉的。

真危險，好不容易想到一個最適合她的名字，差點跟著餓死一起忘記。

和她本人縝密交換意見討論之後，「不高雅，卻也不會過於低俗」，恰到好處的服裝風格也終於定型，只要在這時候斷然為那個公主改個好名字，事前準備的工序或許會邁進一大步。

差不多可以再挑戰吃她一次了。至少得做個樣子，否則無法給特洛琵卡雷斯克一個榜樣。

「…………」

此時，本大爺察覺了。

慢了好幾拍才察覺。也太慢了。

果然因為營養失調，腦袋完全不靈光。

特洛琵卡雷斯克在哪裡？奴僕在哪裡？

收集情報之旅幾乎毫無成果告終的那個奴隸，後來肯定留在城裡，隨時監視本大爺以免死掉。

即使如此，還是無法防止意外死亡，應該說意外餓死。不過本大爺在王位復活的時候，那傢伙肯定會跪在面前。

雖然因為雅賽蘿拉公主的關係，最近和那傢伙的關係實在稱不上好，不過那傢伙總會等待本大爺復活。

這個忠實的奴隸不在。

也感覺不到他的氣息。

是有事出城嗎？為了本大爺去尋求新情報？或者是心裡有什麼底？還是說，如此愚蠢的主人令他看不下去，終於心灰意冷逃亡了？

……不對。

本大爺這個主人，感受不到特洛琵卡雷斯克這個奴隸氣息的事實，並非單純意味著他不在身旁、不在城裡這種實際距離的遠近。單純意味著他「不存在」。

沒有「不存在」以外的意義。

沒有「不存在」以上的意義。

只會是最壞的意義。

是奴隸，是眷屬，也是朋友的特洛琵卡雷斯克。

本大爺感受不到那傢伙的氣息。

他去了那裡？

做了什麼？

本大爺從王位起身，快步往前跑。

在思考之前行動。

不，已經不必思考了。

原本是人類的那個吸血鬼去了哪裡？做了什麼？現在又變成了什麼樣子？這種事連想都不必想。

不必想。

也不願想。

017

雅賽蘿拉公主愣在原地。

本大爺為她準備的禮服，被染紅得不能再紅。不只如此，整個室內都染成鮮紅。

地板、牆壁、天花板。

都散落著特洛琵卡雷斯克的碎片。

粉身碎骨。

頭顱、下巴、脖子、肩膀、手臂、手肘、手掌、手指、指甲、胸部、背部、腹部、腰部、臀部、大腿、膝蓋、小腿、骨頭、肌腱、筋膜、動脈、靜脈、心臟、胃臟、肺臟、腸子、肝臟、牙齒、舌頭、嘴唇、鼻子、耳朵、頭髮、眼睛。

還有金髮金眼。本大爺給他的金髮金眼。

都以公主為中心，呈放射狀粉身碎骨。

只能這樣形容。

如果不是本大爺，就無法判別「這個東西」——判別「這些東西」是那個特洛琵卡雷斯克·霍姆艾維夫·多谷司托靈格斯。

這是在做什麼？

一個好男人就這樣搞砸了。

明明因為長得好看，才留在本大爺身旁。明明只要陪在身旁就好。

唯一的眷屬。

「殊殺尊主……」

雅賽蘿拉公主就這麼愣著，呼叫本大爺。

「什麼都不用說。」

不准說。

本大爺不用聽妳說也知道。

昔日本大爺在那間破屋，第一次要吃「國色天香姬」的時候，肯定也是粉身碎骨到這種程度吧。

所以，特洛琵卡雷斯克想對雅賽蘿拉公主做什麼，又如何反過來變成這樣，本大爺也很清楚。

愚蠢的主人，讓忠實的奴隸看不下去。

但是沒有心灰意冷。

不是這樣，這傢伙是要根絕本大爺變笨的原因。要殺掉本大爺當成食材或當成某種東西而拘泥至今的雅賽蘿拉公主。

本大爺當然沒下這種命令，甚至還明確又嚴格地命令他不准接近雅賽蘿拉公主。

他肯定知道光是接近就很危險。

不過，這個忠實的奴隸不惜忤逆本大爺，也要取雅賽蘿拉公主的性命。為了本大爺而不惜忤逆本大爺。

獨斷專行。

奴隸明明不可能忤逆主人才對。

「……他會復活吧？因為他和您一樣是吸血鬼。」

雅賽蘿拉公主戰戰兢兢地問。

以原本的語氣問。

也不擦掉點綴臉頰的血妝。

「這一位也會立刻復活吧？」

「…………」

本大爺不想回答。

不想承認這個事實。

不過，無論本大爺是否承認，事實都是事實。

「不會復活。」

本大爺承認了。

「不能說這傢伙和本大爺是一樣的吸血鬼。他原本是人類，生命力與再生力都遠遠比不上本大爺。」

「怎麼這樣……」

雅賽蘿拉公主愕然低語，但本大爺沒餘力關心她。真是的，即使活得再久，如果心理如此貧瘠就毫無意義。

實際上，這個事態看在雅賽蘿拉公主眼中，就像是遭受背叛吧。

本大爺說，只要她來到這座城堡聽本大爺的話，就不必繼續殺任何人，所以她不只是覺悟會成為食材，還中斷流浪之旅乖乖跟來。然而最後事與願違，努力沒有奏效，就這樣再度被迫目睹一條生命消散。

特洛琵卡雷斯克不是人類，是怪物，而且這傢伙不是要獻出生命，而是要殺掉她。這都不關這個溫柔公主的事。

會為了死亡而難過。

不願意毀滅國家。

雅賽蘿拉公主開口了。

「也就是說，殊殺尊主……您要是繼續死亡，總有一天也一樣會死嗎？」

「嗯，並不是可以死無限次。」

是有限的。

不死之身也有限度。

持續餓死至今，本大爺的生命力也已經相當接近這個極限。雖然沒有刻意這麼說，不過對方是聰明的公主，應該已經傳達給她了。

「我要離開。」

雅賽蘿拉公主立刻說。

斬釘截鐵地說。

「殊殺尊主，這段時間受您照顧了。」

「慢著。進食要賭命是理所當然，而且特洛琵卡雷斯克死掉不是妳害的。這是本大爺應該難過的事，卻不是妳應該難過的事。」

「不，是小女子應該難過的事。要是小女子沒來這裡，這一位就不會死。」

她說得沒錯。

不過，要是這麼說，雅賽蘿拉公主——「國色天香姬」不就哪裡都去不了？

去哪裡都會成為屍山血河吧？

明知如此，這個公主還是要繼續進行沒有終點的旅程嗎？

要繼續流浪直到死去，繼續殺人直到死去嗎？

應該要阻止。

然而，沒有阻止她的方法。

即使想以暴力阻止，這些暴力也會全部反彈回本大爺身上。只會讓雅賽蘿拉公主憂心的原因又增加一個。

這只不過是許多原因中的一個，但這個公主連這一個都不會看漏。

這麼一來就無計可施。

她原本就是本大爺應付不來的食材。

應付不來的食材，應付不來的女人。

「看來您接受了。那麼殊殺尊主，恕小女子告辭。應該再也不會見面了。」

「知道了，就這麼做吧。本大爺再也不會阻止了，隨便妳吧。不過，就算這樣，還是稍微等一下。只在本大爺用餐的這段期間，留在那裡別動。本大爺不希望寶貴的食材被踩。能踩這傢伙的只有本大爺。」

本大爺這麼說。

然後伸手拿起特洛琵卡雷斯克的碎片。

頭顱、下巴、脖子、肩膀、手臂、手肘、手掌、手指、指甲、胸部、背部、腹部、腰部、臀部、大腿、膝蓋、小腿、骨頭、肌腱、筋膜、動脈、靜脈、心臟、胃臟、肺臟、腸子、肝臟、牙齒、舌頭、嘴脣、鼻子、耳朵、頭髮、眼睛。

還有金髮金眼。

本大爺朝著由衷希望本大爺進食的忠心眷屬——由衷希望被本大爺吃掉的忠心眷屬伸手。

018

實際上，看見特洛琵卡雷斯克和第一次撲向「國色天香姬」的本大爺一樣粉身碎骨的現實之後，心情上難以言喻。因為換句話說，這代表本大爺對公主進行的養育與教育完全沒奏效。

粉飾一點都沒有意義。

外在再怎麼改造，即使裝出不同的樣子，改變第一人稱重塑形象，更換服裝改用手抓食物吃，這種耍壞，應該說這種垂死掙扎，都沒有產生任何的效果。始終如一。

「國色天香姬」總是美麗。

這麼想就覺得特洛琵卡雷斯克果然像是本大爺殺掉的。

就像是毫無意義地死去。白白喪命。

所以要吃掉。

既然殺了就要吃。親手殺來吃。

這是本大爺的原則。

特洛琵卡雷斯克是被蠻力打碎，使用這種粗糙調理方式的肉，老實說實在不算是最棒的滋味，但是和這種事無關。

不是好吃不好吃的問題。

吃。吃。吃。吃。

咬咬咬咬咬咬咬。

嚼嚼嚼嚼嚼嚼嚼。

吸吸吸吸吸吸吸。

吞吞吞吞吞吞吞吞。

咬碎，咀嚼，吞下，消化。

連骨頭都啃乾淨，連一滴血都不留。

即使推翻本大爺「首先裝進空腹的食材必須是雅賽蘿拉公主」的這個決定，也要吃得乾乾淨淨。

不說「原諒本大爺」這種話，也不說「本大爺要開動了」這種話。

相對的，不會讓他白死。

不會讓你的死變得毫無意義。

食物鏈。

特洛琵卡雷斯克・霍姆艾維夫・多谷司托靈格斯的生命，會連結到迪斯托比亞・威爾圖奧佐・殊殺尊主的生命。

連結，串接，延續下去。

「………………」

雅賽蘿拉公主注視著本大爺的用餐光景。本大爺不只是人類，連同族甚至眷屬都吃，但她不是以厭惡或輕蔑的眼神，而是以情感更強烈的真摯眼神注視。

以銀色與銅色的雙眼注視。

目不轉睛。

雖然不知道那份情感是什麼，但她的視線鋒利如刀。

「公主，妳這樣盯著看，吃起來很不自在。可以轉過去嗎？」

「不，請讓小女子看。就這麼看著您以這種方式吃完。」

「……隨便妳吧。」

雖然不知道她的意圖，但更重要的是得先把飛散在室內的特洛琵卡雷斯克吃掉。在屍體化為灰燼之前吃掉。在消滅之前消化。

「因為您吃掉，所以這一位的死，被小女子殺掉的這一位的死，就不會毫無意義，也沒有白費。」

雅賽蘿拉公主自言自語般說。

「本大爺說過吧？不是妳殺的。是本大爺殺的，所以本大爺要吃掉。如此而已。只不過，如果這麼想會讓妳比較舒坦，那要怎麼想都隨便妳。」

「……不。小女子不想介入您和這一位的關係，只是羨慕罷了。羨慕您能以這種方式消化親朋好友的死。」

不只是消化。

而是吸收到體內，吸收到心裡。

接納到本大爺內部。

「相較之下，小女子究竟累積多少死亡，累積多少無為之死？究竟累積多少罪過至今？」

「這種事沒什麼好羨慕的吧？以前，本大爺曾經不小心在走廊打翻為妳做的料理，雖然覺得可惜，但本大爺無法把那些東西當成營養攝取，只能當成白費工夫又毫無意義。」

因為本大爺不是人類，是怪物。

這應該無法成為任何安慰或鼓勵，但本大爺這麼說。這終究只是飲食習慣的差異。

「飲食習慣的差異……那麼，當時散落一地的料理，小女子吃掉就好嗎？」

「喀喀！」

這公主總是這麼正經八百。

明明在進食，本大爺卻不禁失笑。

「做不到的事情就不要說。這部分也說過吧？本大爺的主義只屬於本大爺，本大爺的飲食習慣只屬於本大爺。不會強迫任何人接受。」

無論是誰，以想吃的方式吃想吃的東西就好。

以喜歡的方式吃喜歡的東西就好。

說到這裡的時候，本大爺將特洛琵卡雷斯克吃光了。最後留下的是那傢伙的舌頭，本大爺一口吞下。

「久等了，雅賽蘿拉公主。妳可以走了。總之，不必想不開以為再也不會見面。畢竟本大爺吃掉特洛琵卡雷斯克已經飽了，再多死幾次也綽綽有餘，所以如果妳旅行累了，隨時都可以回來見本大爺。」

不過，雅賽蘿拉公主留在原地連一步都不動，也沒要離開房間，繼續目不轉睛注視本大爺。

真的一副想不開的樣子。

以洋溢決心的雙眼，筆直注視本大爺。

「殊殺尊主，小女子有事相求。」

下定決心的她沒有絲毫迷惘，就這麼睜大銀色與銅色的雙眼，毫不猶豫對本大爺這麼說。

「請讓小女子成為吸血鬼。」

雅賽蘿拉公主對決死、必死、萬死的吸血鬼——迪斯托比亞・威爾圖奧佐・殊殺尊主提出這個要求。

「……妳當真？不，妳沒瘋嗎？」

「是的。小女子想成為吸血鬼。」

即使雅賽蘿拉公主用力點頭，本大爺依然只覺得她腦袋有問題。完全不知道她為什麼突然講這種話。

從來沒想過。

這個公主居然會一本正經說出「羨慕」這種字眼。

「想為小女子奉獻生命的他們，現在的小女子不知道該怎麼阻止。或許沒有阻止的方法。那麼，至少我想收下他們奉獻的生命。」

想要接納。

既然將生命奉獻給小女子，是他們表現愛情的方式，那麼小女子想吃掉他們的生命，回報這份愛情。

雅賽蘿拉公主是這麼說的。

「小女子不想讓他們的死亡白費。小女子殺掉的生命，由小女子吃掉。小女子想吃掉他們。」

「…………」

她腦袋果然出問題了吧？本大爺心想。是被逼到極限，思考出現破綻嗎？

不過，如果雅賽蘿拉公主的心理如此脆弱，事情就不會如此難解至極。

因為她意識高尚，才得出這個結論。

是來自美麗意識，理所當然的歸結。

認真，正經，而且高貴。

為雅賽蘿拉公主而死，之後只等著逐漸腐朽凋零的人類或國家，雅賽蘿拉公主想要賦予意義。賦予「成為她的血肉」這個重要的意義。

何其美麗。

真是美麗無比。

「求求您，請讓小女子成為吸血鬼。殊殺尊主，請吸小女子的血。」

「……妳知道這意味著什麼嗎？妳將再也無法走在陽光照得到的場所。」

「小女子知道。擁有這種知識。照射陽光會化成灰，看見十字架會碎散，碰觸到銀會燃燒，吃到大蒜會消滅對吧？小女子以熟知這一切為前提，像這樣求您成全。」

「本大爺說的不是這個意思。如果是妳，這種弱點遲早也能克服吧。不過即使能克服弱點，也無法克服黑暗。妳這是拋棄人類的身分。妳明白嗎？」

「小女子明白。小女子以熟知這一切為前提，像這樣求您成全。」

傷腦筋。

這個女人比本大爺還頑固。

一度決定的事情絕不反悔。

為了獲得永恆生命而想成為眷屬的人類比比皆是，為了獲得肉體之美而想成為眷屬的人類也隨處可見，本大爺至今吃掉這種傢伙吃到反胃。

不過，本大爺第一次遇見為了吃人而想成為吸血鬼的人類。將屠殺的對象當成食材，藉以對屠殺的對象贖罪。

除了她，究竟還有誰做得出這種決定？

「……本大爺感受到妳的志氣了。本大爺認為了不起，也想成全妳。」

「那麼……」

「不過，辦不到。本大爺吃不了妳，同樣的，也無法收妳成為眷屬。因為若要這麼做，肯定要將利牙深深插入妳柔嫩的肌膚。」

本大爺想過一次。想過不只一次。

特洛琵卡雷斯克大力抨擊之後，本大爺想過不是吃掉雅賽蘿拉公主，而是想辦法收她成為眷屬。不過，無論怎麼想，這種行為果然只是進食。

是危害雅賽蘿拉公主的行為。

和傷害、損害或殺害同義。

那麼，本大爺即使想吸血，也只會反彈到自己身上。本大爺將會朝自己的脖子咬下去。

何其無力。

本大爺別說吃掉這傢伙，甚至沒辦法讓這傢伙成為吸血鬼。

吃不了，救不了。

「即使小女子自願也做不到嗎？」

「應該做不到吧。即使徵得妳的同意，過度的行為還是會被認定為『攻擊』吧。因為這就像是妳求本大爺殺掉妳。」

將雅賽蘿拉公主帶回這座城堡的時候，本大爺沒有使用暴力手段，小心翼翼避免對她說謊。現在回想起來，即使是那種行為也相當危險，遊走在底線。

「國色天香姬」的美，無論人類還是吸血鬼都不能傷害或損害。

「極端來說，和妳的想法、妳的意識、妳的願望完全無關。妳明明希望大家別死，大家依然不斷喪命，這是同樣的道理。周圍只是擅自自滅，擅自自殺。」

「…………」

「如果無論如何都想這麼做，本大爺不在意嘗試一次，但妳恐怕只會目擊本大爺自殺得亂七八糟而終。妳再也不想看見這種光景吧？」

「…………」

「？」

她沒有回應，是因為接受本大爺的說法？還是因為無法接受？

不，看來兩者皆非。

她沒死心，而且繼續思考。

到了這個地步，她還沒放棄思考。

「……殊殺尊主，您剛才說，這和小女子的意識無關是吧？」
最後，她這麼問。
「嗯？啊啊，確實說過。不，雖然本大爺不認為完全無關，不過更重要的因素是周圍的……」
「您記得嗎？之前小女子愚笨到想刺瞎自己的事。」
突然轉換話題，本大爺不知所措。
不過，既然是那件往事，本大爺當然記得。因為當時手心受到的燙傷還沒完全復原。
事到如今，本大爺不覺得愚笨就是了。
畢竟當時有點過度反應，而且追根究柢，她是基於本大爺的提議而那麼做。
「那時候，您在搶走燭臺的同時，將小女子推到床上對吧？」
「嗯，沒錯。所以怎麼了？」
「您覺得當時為什麼能將小女子推開？」
「妳問為什麼……」
本大爺也想過這件事。
無論對雅賽蘿拉公主進行任何「攻擊」，明明都會反彈到加害者身上才對。
「因為當時是把妳推到床上吧？妳沒受傷，所以本大爺也沒受傷。」

「並不是沒受傷，其實很痛。」

居然是這樣。

這個公主，明明完全沒把這種事寫在臉上啊？

「即使是現在，小女子的胸口中央，也還清晰留下您的手印。」

「…………」

不對，說得也是。

即使正如計畫讓她倒在軟綿綿的床上，不過在推開她的時間點，就已經產生作用力與反作用力。就算倒下的時候沒受傷，被推開時感受到的痛楚，果然只算是一種「攻擊」吧。

既然這樣，即使不到四分五裂的程度，那一「推」也應該反彈到本大爺身上才對。即使想推開也沒能推開才對。

那麼，為什麼？

為什麼本大爺當時能夠推開雅賽蘿拉公主？

「小女子一直在思考，不過現在聽您這麼說，小女子得出一個假設。如果和小女子的意識無關，周圍的意識才是重要因素。」

雅賽蘿拉公主將手放在胸口。

那個位置，肯定有本大爺的手印吧。

「殊殺尊主，那時候您不是為了傷害小女子而推開，是為了保護小女子而推開，所以您的手碰得到小女子的胸口。您不這麼認為嗎？」

「…………」

怎麼可能。

本大爺認為，巫婆的詛咒不可能有這種情緒化的盲點，相對的，一旦聽她這麼說，也察覺到詛咒正是一種最情緒化的概念。

不過，這完全是心態上的問題吧？

坦白說，當時是不擅長思考的本大爺在思考之前就行動，所以無法清楚斷言自己當時是以什麼心態行動，不過至少沒有危害雅賽蘿拉公主的意識，更不用說傷害。

滿腦子只想搶走燭臺。

即使結果造成她胸口留下手印，也是心態上的問題。

心態。

本大爺的心態。

「當時，您無視於小女子想刺穿自己眼珠的心情，這個『攻擊』沒被當成『攻擊』。這應該是因為您是為了小女子著想而行動吧？」

像是再三強調的這番話，使得本大爺認為或許如此。

如果只拿這件事出來看，或許也可以解釋為偶然或巧合，不過如果採用這個道理，也可以說明為何人類無視於「國色天香姬」的心情接連死去。

這樣的自殺，也是「為了公主」所進行的自殺。所以即使這個結果再怎麼令公主受傷或悲嘆，也不會受到阻礙。

有道理。這是一種見解吧。

特洛琵卡雷斯克能夠違抗本大爺的命令獨斷專行，或許也是這樣的理由。

不過，是這樣又如何？

這確實是解釋「國色天香姬」所受詛咒的新發現，卻不足以用來打破這個受限的僵局。

反倒是補強了「雅賽蘿拉公主再怎麼希望，本大爺也無法讓她成為吸血鬼」的事實吧？

「並非如此。殊殺尊主，換句話說，如果您是為了小女子，是為了小女子著想而享用小女子，就真的完成食材的事前準備工作了。」

雅賽蘿拉公主如此斷言。

019

一切都是假設。
只是以假設堆疊假設。
沒有任何證明為真的部分，是推理、想像與自我願望的產物。
不只如此，還不算是毫無風險。
雖然剛才說可以嘗試吸血一次，不過本大爺重複餓死至今，無法保證真的確實復活。
畢竟應該沒餘力了，即使只限一次也很難說。說不定公主不只會目擊本大爺四分五裂的樣子，還會幫本大爺送終。
雖然吃了特洛琵卡雷斯克，但無法否定本大爺依然處於極度飢餓的狀態。
這是本大爺這邊的風險，雅賽蘿拉公主也有著不能忽視，絕對不低的風險。
即使按照假設，本大爺順利吸血成功，若說雅賽蘿拉公主是否能確實成為眷屬，倒也未必。
雖然不是確實統計過，不過依照本大爺的經驗，普通人化為吸血鬼失敗的比例比較高。
被吸血之後，如果直接死掉還算是有點救贖，但可能成為不上不下的喪屍，成為行屍走肉的恐怖怪物。

亡國美女「國色天香姬」的末路居然是喪屍，這樣的結局也太悲哀了。

除此之外，風險與缺點也是數也數不盡。公主的提議絕對稱不上妙計。

更重要的是，事情成敗端看本大爺的心態，這是最糟糕的。

對雅賽蘿拉公主吸血的時候，本大爺不能是為了滿足自己的食慾，必須是為她著想而露出利牙。

虛心地，無私地咬下去。

做得到這種事嗎？

從公主手中搶走燭臺的那時候，是一時情急的反射動作。就算要本大爺做出和當時相同的事，老實說本大爺完全不知道該怎麼做。

即使正如特洛琵卡雷斯克的指摘，本大爺已經對雅賽蘿拉公主投入情感，如果被問到這份情感是否能比食慾優先，本大爺還沒辦法給出答案。

到最後，必須試過才知道。

要驗證這個百分百的假設，必須和試毒一樣沒預演就直接來。

不過，當事人雅賽蘿拉公主像是沒感受到任何不安。

「那麼，殊殺尊主，小女子不才，請您多多指教。」

她說完大幅張開雙手，將頸子靠向本大爺。

嬌細又漂亮，像是連血管也晶瑩剔透的美麗頸子。

光是這樣就令本大爺食指大動。

不過，現在不能被激發食慾。

「不才的小女子不可能有此等膽量。僅止於人類確實很可惜。」

「小女子會努力回應吾主的期待。」

「……雅賽蘿拉公主，就算要成為眷屬，也不必這樣對本大爺說話。」

在這種狀況，這傢伙依然在奇怪的地方一本正經。

本大爺這麼說。

「奴隸制度在特洛琵卡雷斯克這一任廢止，那傢伙是本大爺最後的奴隸。因為那傢伙傻得無藥可救，會以自己身為唯一的奴隸為傲。」

「這樣啊……那麼，小女子該如何稱呼您呢？」

「和至今一樣用『殊殺尊主』就好。」

前提是彼此都活下來。

「真要說的話，既然是本大爺的眷屬，就要當個不讓本大爺蒙羞的吸血鬼。妳又變回高雅的遣詞用句了。本大爺教妳的增色笑法去哪裡了？」

「差……差點忘了。喀喀！」

雅賽蘿拉公主露出抽搐的笑容。

不過本大爺只是想讓她放鬆才開這個玩笑……

今後有得瞧了。

不過前提是彼此有今後。

「並不是在緊張。不對，沒在緊張。小女子相信您——吾相信汝。」

「居然說相信本大爺……喂喂喂，不要在正經場面逗本大爺笑。相信他人是美德，但本大爺不是人，是怪物。」

「小女子也正要成為這樣的怪物，想成為您這樣的怪物。」

雅賽蘿拉公主轉眼之間回復為原本的遣詞用句這麼說。大概是因為接下來這句話，她不想以不習慣的角色形象說出口吧。

「想成為您這樣又酷又硬派，又溫柔又美麗的吸血鬼。」

「……妳的話沒問題的。」

雅賽蘿拉公主。

對後半奇怪語句充耳不聞的本大爺，原本差點這麼叫她，但是改口了。

「姬絲秀忒·雅賽蘿拉莉昂·刃下心。」

她一臉詫異，本大爺繼續說明。

「姬絲秀忒，這是妳的名字。為妳而死的人們，妳就像是要親吻般吃掉吧。既然獲得永恆的生命而長生不死，說不定總有一天，妳會遇見奇特的王子。」

「姬絲秀忒・雅賽蘿拉莉昂・刃下心……」

公主像是反芻般複誦，然後點了點頭。

「迪斯托比亞・威爾圖奧佐・殊殺尊主，小女子喜歡這個名字。太棒了。好開心。小女子會努力成為不讓您蒙羞，也不讓這個名字蒙羞的吸血鬼。」

「嗯，妳就精益求精吧……對了對了，說到精益求精，接下來是最後一課。當妳非常高興的時候，妳就這樣笑吧。」

在遣詞用句還沒定型的現狀，現在教她還太早，但是不一定有下一個機會。就先教她以免悔不當初吧。

既然這是試毒，就乾脆連盤子都舔乾淨吧。

「哈！」

本大爺笑了。因為非常愉快。

「哈！」「哈哈！」「哈哈哈！」「哈哈哈哈！」「啊哈！」「哈哈哈哈哈！」「啊哈哈哈！」「哈哈哈哈哈哈！」「啊哈哈！」「哈哈哈哈哈哈哈！」「哈哈哈哈哈哈哈——！」

像是發出顫音般笑。

因為本大爺非常高興能夠享用期待已久的頂級血液，同樣的，也非常高興能成為這個公主的救星。

「請慢用。」

本大爺一邊聆聽這何其美麗的聲音，一邊將利牙深深插入姬絲秀忒的頸子。沒什麼特別的。

親手殺來吃。親手殺來愛。

原來「吃」與「愛」代表著相同的意義。

020

就這樣，昔日叫做「蘿拉」的貴族女孩，曾經叫做「國色天香姬」的公主，如今成為叫做「姬絲秀忒・雅賽蘿拉莉昂・刃下心」的吸血鬼。

總歸來說就是順利成功。

一下子就順利成功，令人掃興。

正如計畫，那傢伙成為吃人的怪物，本大爺也像這樣活著。看來還是活下來了。

當然，其實本大爺不知道為何順利成功。

不明就裡。

本大爺對那個女人不抱憎恨之情，這應該是事實，卻不確定是不是這份心態促使「國色天香姬」的吸血與救援圓滿成功。

或許只是因為對於「國色天香姬」來說，獲得永恆生命化為吸血鬼是一種恩惠，所以本大爺的利牙得以突破詛咒被她接受。

本大爺對那傢伙抱持的情感究竟是友情、愛情還是情慾，到最後還是不得而知。反正順利成功了，即使不是食慾，即使不是託這份情感的福也無妨了。

畢竟也留下美好的回憶了。

無論如何，如今這已經是快六百年前的情，想探索真相也無從探索。所以先不提正確程度，說到事情後來的進展，化為吸血鬼的公主，再度出外進行沒有終點的流浪之旅。

畢竟不能一直住在滅亡的王國，特洛琵卡雷斯克死後，本大爺只能離開這座獨居有點大過頭的「屍體城」，原本想說乾脆和她一起旅行，但還是作罷。

即使彼此都成為吸血鬼，依然各走各的路。

因為要是她在身旁，本大爺或許總有一天想吃她。

所以她之後的動向只能從傳聞略知一二，不過正如預料，那傢伙成為了不起的吸血鬼。鐵血、熱血、冷血的吸血鬼——姬絲秀忒・雅賽蘿拉莉昂・刃下心。

金髮金眼。

怪異殺手的怪異之王。

這名號至少聽過一次吧？

每次聽到傳聞，本大爺身為吸血尊主，身為賜她一對金眼匹配金髮的主子，身為取名的撫養者，身為指導言行舉止塑造角色形象的負責者，總是為她感到驕傲。

雖說是素材優秀，不過廚師依然獲得滿滿的成就感。

不知何時再也聽不到「國色天香姬」的傳聞，所以那個詛咒大概在某處以某種方式處理掉了。想必是在某個國度真的邂逅了王子吧。

或者說，她成為吸血鬼之後，心理層面意外地墮落到不錯的程度，並且適度融入俗世。

如果本大爺的吸血有這種副作用，那就挺耐人尋味的。反倒是本大爺從頂級食材「國色天香姬」吸血之後獲益良多的樣子，至今也像這樣活蹦亂跳。

生龍活虎。

在吸血鬼之中大概是最年長的吧。

不過在那之後，本大爺一反「殊殺尊主」這個名字，變得鮮少死亡。那道料理還真是延年益壽。

是沒錯啦，如果本大爺讓那傢伙成為吸血鬼的代價是自己沒命，聽起來應該很淒美吧，不過現實可不能真的像是故事那樣。

換個說法，這算是快樂大結局吧。

可喜可賀，可喜可賀。

雖然這麼說，但時代完全改變，世界也完全改變了。

世間各處都是科學處於全盛期，不再是吸血鬼能夠跋扈的情勢，也不能隨心所欲收集食材。身為老饕應該感到丟臉，但是本大爺其實一直過著簡樸節制的生活。暴飲暴食在現代社會是痴人說夢話。

真是的，這不就害得本大爺變健康了嗎？

只有黑夜世界居民聽得懂的笑話就講到這裡，要不是當時從「國色天香姬」那裡吸血，本大爺真的早就餓死了吧。

當局的取締與管制也變得嚴格，如今吸血鬼真的面臨滅絕的危機。只要人類存在，妖怪也能繼續存在……這種悠哉樂觀的論點也終於開始講不出口了。比方說知名的聖誕老人，好像也已經列為瀕危物種。

待在這樣的世間，真的是嘗盡酸甜苦辣啊。

本大爺也不討厭吃辣就是了。

不過，真希望餘生能有美味的甜點陪伴。

在這樣的世界情勢之下，本大爺或許也沒辦法一直高傲自稱是決死、必死、萬死的吸血鬼。「本大爺」這個真的只是用來增色的第一人稱，差不多也該束之高閣了。畢竟無須強調，本大爺也老大不小了。

不過，想到那個效法本大爺，以本大爺為範本的學生，就不能下定決心這麼做。總之，再勉強撐一陣子看看吧。

這麼說來，依照最近打聽到的傳聞，姬絲秀忒好像終於在極東的島國，被專治吸血鬼專家除掉了。不過，哎呀哎呀，這應該是極為不可信的謠言。

本大爺不相信這種傳聞。

雖說已經中斷聯繫，不過她姑且是眷屬，本大爺自認至少知道她是生是死。話是這麼說，不過這個傳聞令本大爺在意，沒辦法充耳不聞。雖然一點都不擔心，不過就久違六百年去見她一面吧？

如果她還健在，對了，那就邀她共進晚餐吧。只在這一晚解除節食禁令，享受吃也吃不完的美食，盛大慶祝……或者說盛大詛咒本次的重逢吧。

彼此都是好女人，想必也已經又酷又硬派地累積不少童話能聊吧。

第零話　火憐・逢我

ARARAGI KAREN

001

阿良良木火憐是我的名字，換句話說，我是阿良良木火憐。阿良良木火憐是我，我是阿良良木火憐。雖然覺得這種事不用講也知道，不過以師父的說法，這種簡單的事情，我好像不太知道。

好像完全不知道。

好像不知道自己不知道，連不知道自己不知道都不知道。

我是爸爸的女兒，媽媽的長女，哥哥的妹妹，月火的姊姊。現年十六歲，就讀私立栂之木二中，是高中一年級。

最重要的是，我是空手道家。

不過，師父當時詢問我的問題，不是這種表面上的個人資料。

師父說我空的不是手，我空空如也的是身為一個人的內在。

「沒想到在我這輩子，講出這句話的日子居然會來臨。阿良良木，我已經沒有能教妳的東西了。」

師父這麼說。

「這就是『免許皆傳』。妳已經夠強了。」

甚至強過頭。

突然被叫到道場聽師父這麼說，我只感到不知所措。完全不懂師父為什麼突然開這種玩笑。

所以我好好回應了。千萬別說什麼免許皆傳，我還遠遠比不上師父。證據就是我在實戰從來沒贏過吧？拜師到現在，我不是一直敗給師父嗎？

就像這樣，幾乎像是抗議般說。

但也覺得強硬主張自己技不如人沒什麼用。

「勝與敗……只以這種基準看事情的妳，確實和剛拜師那時候一模一樣。」

師父苦笑說。

「不過，一旦超越某個等級，勝敗就變得不是那麼重要。不只是格鬥技，套用在任何領域皆準。達到下一個階段，妳將會明白強弱只是相對的東西，只是暫時性的東西。雖然妳說不曾贏過我，但我不這麼認為。」

那麼，師父是怎麼認為的？

我進一步追問之後，師父沒直接回應。

「妳毫不猶豫就敢挑戰比自己強的人，毫不迷惘就會拯救比自己弱的人。高一的小鬼是受到誰的影響造就這種人格令我深感興趣，不過這先放到一旁，妳肯定有自己的隱情吧。無論如何，這份動力帶妳走到這一步，這是事實。不過，妳差不多可以用這個事實為基礎，進入下一個階段了。」

師父說。

下一個階段。

是勝敗或強弱變得沒有意義的階段嗎？

若是這樣，老實說，我不想試著進入這個階段。

我喜歡一較高下，喜歡戰勝或戰敗，喜歡變強。反過來說，絕對不想讓自己就這麼軟弱下去。

我討厭什麼都做不到的沒出息自己。

我想做點事。任何事。

能做的事都想做。

哥哥或月火受苦的時候，我不希望自己只能旁觀。

我認為這就是我。

我知道自己的境遇和別人比起來得天獨厚。正因如此，我想協助那些沒有得天獨厚的人。想協助無力或軟弱的傢伙。

想成為正義使者。

即使被說這只是遊戲。

「妳的志願很了不起。我這個做師父的都想向妳看齊了。只不過，為了貫徹這個志願，妳這時候該面對的不是強者或弱者，而是妳自己。」

我自己。

面對。

「也就是要知道妳自己。妳必須知道妳是誰。時機來臨了，妳應該要知道妳這個人是什麼樣的人。放心，別這麼緊張。這件事沒那麼難。不過，這也不是能在屋簷下學習到的事情。我說過吧？我已經沒有能教妳的東西了。接下來只能由妳自己去學習。」

如果妳好好學習，確實達到我昔日走上的舞台，到時候就和妳交手吧。

不是以師父或徒弟的身分，是以對等空手道家的身分認真對決。

……老實說，師父這時候說的話，我並不是能夠接受。應該說愈聽愈難懂至極，覺得幾乎像是在聆聽無意義的哼唱。

雖然聽得舒服，卻沒聽懂。

對我來說還太早吧。

不過，既然能夠和師父對等交手，那就沒辦法了。只能二話不說乖乖上鉤。

對等。拜師至今，從來沒有獲得如此難得的機會。

當然，連至今的習武對打，我也從來沒贏過，所以真正交手的時候，拳頭應該連碰都碰不到吧，不過這樣也好。

這是心願。是夙願。

為此我願意做任何事。

能做的事都想做。

不過，為此我究竟該做什麼？雖然什麼都會做，但是要做什麼？

總歸來說，師父要我面對自己，熟知自己，認知我自己是誰，不過我是阿良良木火憐，沒有更多也沒有更少吧？

「就說了，我沒辦法教妳這個。妳的家人也沒辦法。妳自己只能靠妳自己去了解妳自己。話說在前面，妳在肉體層面幾乎已經完成，技能也無從挑剔。『免許皆傳』可不是誇大的形容喔。如果妳不接受免許皆傳，那就把妳逐出師門吧。逐出師門。」

我不要被逐出師門。

我的師父做事真的很兩極。但我就是這樣才拜師的。

然後，做事兩極的師父這麼說。

「總之，至少教妳如何面對自己吧。算是給個提示，做我當年做過的事情就好。如果妳沒能從中學習到任何事情，就代表妳只是這種程度的人。」

如果只到這種程度，那麼到這種程度就好。

妳是阿良良木火憐。

沒有更多也沒有更少。

為了實際體認這一點，這個夏天——

「妳一個人上山閉關吧。」

002

就這樣，我阿良良木火憐，在高一暑假的第一天站在山腳下。接下來將獨自挑戰這座山。

不對，依照師父的說法，我挑戰的不是山，是我自己，不過在那之後無論怎麼想，我還是完全不懂師父的意圖。

師父想告訴我什麼？

我連一點線索都抓不到。

「面對自己」代表什麼意思，我姑且隨口找哥哥與月火討論過，得到的答案卻不太理想。

「哎，面對自己很重要喔。非常重要。尤其和自己對話，應該看得比任何事情還重。我們的高中生活大致就是這種感覺。」

哥哥講得莫名其妙。

他講得莫名其妙，所以我聽得莫名其妙。

好想揍他一頓。

順帶一提，月火是這麼說的。

「總歸來說，就是叫妳進行尋找自我之旅吧？」

理解得比我還膚淺，這是怎樣？

聰明的妹妹，展現一下智慧好嗎？

……到最後，包括這部分，都只能自己學習是吧。

好好學習，好好求教。

總之，對於空手道家來說，上山閉關就像是一種傳統，既然叫我做就做吧，如此而已。我反而早就這麼嚮往，希望總有一天試試看。

既然追求強勁，這就是無法避免的儀式。

我甚至認為師父應該是察覺我藏在心底的這個夢想，所以繞一大圈建議我這麼做。

不，師父不是這種人。不是這麼貼心的人。

反倒是個大老粗，骨架也很粗。不擅長繞圈或繞路。

基本上，師父的個性比我還直腸子。像是劈開的竹子那麼直（不過師父劈的主要都是瓦片）。

師父表示對我的行事動力很感興趣，不過，我之所以成為這種個性，肯定也受到師父的影響。所以聽到師父講那種話，我挺困惑的。
只要上山閉關，也可以拭去這份困惑吧。
師父介紹我來的是逢我三山。接下來，我將在這座三山相連的山脈縱走。
別說上山修行，我至今甚至不曾登山，所以難免不自覺地緊張起來。
我好歹也會緊張喔。
嚴格來說，師父吩咐我做的事情，不是上山閉關本身，是瀑布修行。
瀑布修行。淋瀑布的那種修行。
翻過三座山的盡頭有一座瀑布，去淋個瀑布回來吧。師父這麼對我說。
在這個時代進行瀑布修行。傳統得不得了，我好期待。
內心雀躍不已。
別說內心，我整個人真的要跳舞了。
「那座瀑布叫做『逢我瀑布』。我是在二十歲左右去那座瀑布修行，那裡幾乎算是祕境，所以別說修行，光是抵達瀑布就不是簡單的事。不過以妳的能耐，即使才十六歲也做得到吧。」
師父說完繼續補充。
「啊啊，不過，如果覺得做不到，就要立刻回頭喔。妳有種亂來的傾向，甚至是主動亂來的傾向，正因如此，撤退也會成為不錯的經驗吧。然後，必須確實得到家人的許可再出發。花樣年華的女生一個人進行連日的旅行，可不能讓家人擔心。」

最後說明這種符合常理的注意事項令我有點掃興，不過，這很重要。

說成「花樣年華的女生一個人連日旅行」，突然明顯有種女高中生夏日大冒險的感覺，不過，瀑布修行當然不用說，我也知道一個人登山基本上很危險。

這是常識。

考慮到可能發生不測，登山要組隊似乎是現在的常規。所以說服家人費了我一些工夫。

說服哥哥尤其費了一番工夫。

所費不貲。

那個哥哥意外地保護過度。

日文將「費工夫」寫成「折斷骨頭」，哥哥大概是感受到我到最後不惜折斷哥哥骨頭也要上山的決心，所以他也退讓了。

不過我感覺是跪讓。

「既然說到這種程度，那就隨便妳吧……畢竟確實必須這麼做吧。只不過，這邊也要自己幫妳進行一些安全措施。」

搞不懂哥哥為什麼講得這麼帥氣。

擅自進行的安全措施是什麼？

不要擅自進行安全措施好嗎？

順帶一提，月火是這麼說的。

「哎，無論一個人去還是大家一起去，山上基本上都很危險。如果要避開危險，到頭來別上山不就好了？所以妳要去也無妨吧？」

這個妹妹很喜歡講「到頭來」之類的論點。

「這麼說來，好像有個登山家被問到為什麼要上山的時候，他回答『因為山就在那裡』。那麼如果問他為什麼要下山，他會怎麼回答？『因為家人就在那裡』這樣嗎？」

妳稍微擔心一下我吧？令我很想這麼說的這個妹妹，我擔心得不得了。登山的人擔心不登山的人是怎樣？

而且她最近好像單手拿著布偶，一個人進行神祕的活動。

神祕的幼化現象。

無論如何，我依照師父的吩咐取得家人許可，現在終於要挑戰這座山了。

準備萬無一失。我難得還在事前擬定好計畫。

逢我三山。

越過鬼會山、千針岳、咔嚓咔嚓山這三座山，前往逢我瀑布。依照一天翻過一個山頭的計算，整體往返預定是一星期的旅程。

一星期。

老實說，難得上山閉關，我想至少待個一年左右，不過身為高中生可不能這麼做。利用暑假的一星期冒險之旅，我就好好享受吧。

那麼，出發吧。

我重新背好向媽媽借的二十公升背包，踏出腳步。

踏出和阿良良木火憐見面的第一步。

003

不過，我從第一步就碰壁了。當然不是登山口有牆壁，是心理的牆壁。

碰壁了。

正要進山的時候，我覺得姑且確認一下路線比較好，所以故做慎重，故做聰明地從運動服口袋取出師父給的地圖，卻在這時候不知所措。

這是什麼？我好想這麼問。我沒看過這種地圖。

別說登山路線，我連現在自己在哪裡都不知道。

像是密碼一樣無法解讀。

線條特別多，拿遠看像是會浮現3D影像。怎麼回事？師父以為拿給我的是地圖，卻不小心拿錯，拿了現代藝術的作品給我嗎？

但我沒這方面的素養。沒有現代或藝術的素養。

「此並非地圖，是地形圖。」

此時，旁邊突然傳來聲音，我嚇了一跳。

不知何時，某人站在我的旁邊。而且這裡說的「旁邊」，真的是幾乎緊貼著我的旁邊。

比起搶先向我搭話，我更驚訝的是自己不知不覺允許別人靠得這麼近。我到底多麼專心看地圖？

轉頭一看，是年約國中生的馬尾女孩。說到馬尾，我登山的時候也把頭髮綁成以前那種馬尾，不過這個女孩是金髮馬尾。

眼睛也是金色。

是……外國人吧？

頭髮不像是染的，眼睛也不像是戴彩色隱形眼鏡。雖然比不上我，不過她的身高以國中生水準來說算高。

我的身高在高一暑假終於逼近一八〇大關，這女生目測大約一七〇吧？

這麼一來，她搭話的時候過度接近，或許是文化上的差異。畢竟大海的另一頭，好像有國家是以擁抱或親吻打招呼。

既然是這樣的話……

「妳好啊！」

總之我先卸下一半的戒心，向她打招呼。

聽說登山的時候遇到人，禮貌上都要打聲招呼。嚴格來說我還沒開始登山，不過打招呼肯定不會吃虧。

「嗯，無須多禮。」

……聽她這樣回應，我覺得打這個招呼真是虧大了，但這也是文化差異吧。

或者說，她或許正在學日語。

或許是以時代劇學日語。

反正我的遣詞用句也不算漂亮。

「那個……所以，妳剛才說地形圖？」

「大致來說，是適合老手之地圖。鉅細靡遺記載山岳高度或凹凸。只以這些情報判斷道路，對於初學者來說應該是難事。沒有啦，吾亦是剛下這座山。」

果然是從時代劇學日語吧，她以這種有點過時的語氣說。什麼嘛，原來她是登山客。

知道這一點之後，我完全放下戒心。確實，仔細看就發現她身穿和我差不多的運動服。

雖然鞋子乾淨得不像剛下山，身上的裝備感覺也有點過於輕便，不過肯定代表她是如此老練的登山客吧。

「拿去。吾用不到了，所以送妳。你就收下吧。」

金髮馬尾妹說完給我一張四摺的紙張。打開一看，好像是逢我三山的地圖。

不對，正確來說是三座山之中的前兩座。

鬼會山與千針岳的地圖。

關於最後的咔嚓咔嚓山，師父也說過沒有像樣的地圖能用。地形圖大概也沒有記載吧。

即使只有兩座山的份，不過能獲得看得出路線的地圖，當然是求之不得。

「謝謝。妳幫了大忙。」

「不客氣。同為愛山人就得相互協助，互助很重要。啊啊，機會難得，這個也送汝吧。」

金髮馬尾妹拿出片裝巧克力。沒有開封，約手掌大的巧克力。

「是口糧。無須客氣，依照契約，將這個交給汝，吾就能獲得兩個巧克力甜甜圈。這交易很划算。」

契約？

她說「獲得」，是從誰那裡獲得？

雖然抱持這種疑問，但我還來不及問，她就留下「那麼後會有期，路上小心」這句話消失了。離開速度真的只能形容為「消失」。

離開時也太美了。

我甚至覺得，她只像是在我猶豫怎麼處理獲贈的片裝巧克力時，一瞬間融入影子消失身影。哎，這是不可能的。

融入影子是怎樣？

笑死人了。

但她明明是外國人，卻像是忍者耶……如此思考的我，這次終於前往山中。第一座山是鬼會山。

說不定真的會遇見鬼。

004

我在體力方面算是有自信的。

也可以說只在體力方面有自信。

曾經跑完全程馬拉松，在道場也曾經連勝完成百人組手。

我是從國中開始練空手道，不過從小學時代就是在各方面積極好動，喜歡跑出去玩的孩子。主流運動項目可以說大多碰過。除了規則過於複雜的項目，我自認大致碰過。

所以，說到登山（而且是獨自登山）危險又辛苦，我當成知識裝進腦中，自認非常重視又清楚這一點，但還是有著瞧不起的一面。

明明在內心重視，卻掉以輕心。

從我嘴裡說做好準備，卻不是帶地圖而是帶地形圖過來，大家就應該猜得到了。

登山這種事，總歸來說只是走路吧！

只是雙腳輪流往前踏吧！

……雖然沒有瞧不起到這種程度，不過想要盡快淋瀑布的我，幾乎沒進行體力與速度的分配，就開始大步縱走。

大步前進，勇往直前。

而且穿著鞋子。不對，既然是登山，當然得穿鞋。

只考慮接下來的事，顧前不顧後。

總之，雖然我沒聽說過，不過既然連外國觀光客，而且是那種國中年紀的女生都來登山，我認定至少只以這座鬼會山來說，肯定在內行人之中屬於主流的好去處，是一座安全的山。

我甚至想過，乾脆像是越野跑那樣跑步上山，但終究還是有所節制。即使按照計畫進行，依然是預定在一週內完成的行程。提早結束也很無聊。既然這樣，留點餘力比較好。

此外，萬一絆倒受傷就慘了。雖然家人讓我帶了急救包以防萬一，不過一個人能做的治療有限。

所以我以「稍微快走」的速度，沿著鬼會山的登山路徑不斷往前走，不斷往上走。

「鬼會山」這個名字肯定不是「和鬼會面」的意思，而是「適合新手的山」吧。我擅自這麼解釋（我不小心忘記想到可能是「適合老手的山」這個意思）。（註2）

不過，修正這個認知的機會，意外地立刻來臨。

「關於吃的東西，總之，我想不必這麼擔心。因為所需的營養大致都能在當地取得。」

師父這麼說，所以我認定登山路徑中途應該有便利商店或自動販賣機之類的東西，不過在將近中午的時候，我察覺完全沒看到這種設備。

註2　鬼會山的「鬼會」和「適合」音同。

咦？

奇怪了。

不對，不奇怪嗎？

回過神來才發現，認為山上有便利商店的我比較有問題。師父爬這座山的時候，便利商店是否有如此強大的展店能力也令人質疑。

就算是自動販賣機，也要有電力才能運作吧。可是這條路連一根電線杆都沒有！

感覺完全沒供電！

如果在地底拉電纜就另當別論，不過我想像的食物取得方式，看來在這座山上很難實行。

第一座山就這樣，在第二座與第三座山，我將會遭遇更困苦的糧食危機吧。

真的假的？饒了我吧。

我的食量是普通人的一倍耶？

一餐吃得下六碗飯耶？

我當然不是雙手空空走到這裡，背包裡並不是完全沒食物。

我沒笨到這種程度。

不過，我只帶了米。

只有米，以及當成廚具帶來的飯盒，還有隨身用的瓦斯噴槍。

我對於上山閉關的強烈憧憬，從這裡就露骨呈現到淺顯易懂的程度，但即使是修行，只吃米飯也太克難了。

不，關於吃的東西暫時沒煩惱，問題在於喝的東西。插在背包側邊的水壺是尺寸超小的可愛款式。

「小一點比較不會占空間又方便喔！」

這麼說的月火出自善意借我用，沒想到會以這種形式弄巧成拙。原本預定要是裡面的能量飲料喝完，就要去咖啡店加滿的說。

連便利商店都沒有，咖啡店更是沒指望。我的豆漿雙倍拿鐵在哪裡？

「把這個水壺當成我吧！呼呼，這種小事無須感謝喔！」

月火像這樣得意洋洋講得像是做給我一個天大的人情，不過現在這樣看，我愈來愈覺得她居然對我做得這麼過分。我一時衝動想扔掉水壺破壞大自然環境。

總之，想到這趟旅程多麼長，就覺得水壺帶大一點也是杯水車薪……不過現在連救火用的杯水都沒有。

就像這樣，我的單人之旅突然面臨生死關頭，撞上巨大的暗礁。不得不放慢步調。

其實這時候應該踏實又聰明地折返，但我做不到。這是我還沒面對的我。

是阿良良木火憐。

005

話是這麼說，不過水的問題應該勉強有辦法解決。我對體力有自信，對腦袋沒什麼自信，不過人類一旦陷入絕境，腦袋還是頗靈光的。

既然沒自信，就以沒自信的方式動腦。

雖然稍微偏離登山路徑，不過要找到溪谷或山泉不必花太多時間。

沿著水聲走到底，就是大自然的恩惠。

原來如此，師父說的「在當地取得」似乎是這個意思。這樣暫且可以免於陷入脫水或中暑症狀了。

冰涼好喝的水！

這正是登山的妙趣所在！

我將剛才的不安拋到腦後，像這樣轉眼間亢奮起來，可見我的精神構造相當單純。但我理解師父那番話的意思之後，這又成為另一個新的課題擋在我面前。

取得。

如果喝的東西要像這樣「在當地取得」才對，那麼吃的東西當然同樣也要「在當地取得」吧。在當地取得食物。

原來如此，是這麼回事啊。

不，我確實看見了。

目視了。

在至今的路途上，我看過松鼠、兔子等野生小動物。啊啊，這是在城鎮看不見的風景耶，牠們真可愛……我這麼想。

嘻嘻，認為小動物可愛的我，或許充滿女生氣息很可愛……我也這麼想。

……要我吃牠們？

當成蛋白質來補充？

「…………」

不，師父，即使自負是格鬥家，我也是活在現代的女高中生，您給的這個課題有點難啊。

我沒做好心理準備。

「自給自足」就算了，要一個沒下定決心的人實踐「弱肉強食」字面上的含意，這任務再怎麼說也太困難了。

我這種說法當然太甜美了吧。

像是糖果一樣甜美。

食用其他生物的生命，這是平時日常就在做的事。剛才大口喝的水，也不知道混入多少微生物。光是沿著山路走到現在，不可能連一隻螞蟻都沒踩死。

所以，師父並不是逼我做多麼殘忍的事。師父應該以為光靠「在當地取得」這五個字就能確實傳達給我。

只是我太遲鈍了。

應該是我要察覺才對。

而且，如果是感謝就算了，只是吃個東西卻要鄭重做準備或下定決心，到頭來也很奇怪。

只不過，在糾結這種事的時間點，就知道我平常的生活方式多麼隨便。知道我平常的生活方式多麼敷衍。

不像話。

不過，如果只看這時候的我，老實說，還有更重要的問題——我太缺乏了。

缺乏準備，缺乏決心，更缺乏實力。

再怎麼對格鬥技有自信，赤手空拳的我也不可能擁有捕捉野生動物的專業技術。沒有設陷阱的知識，甚至沒有用來處理動物的刀子。

就算是空手道家，手也太空了。

如果在視野開闊的道場內還很難說，但要在樹木立體分布的山上抓野生動物根本不可能。不只是動物，我已經挑戰過了，我連河裡游的魚都抓不到。

就只是變成落湯雞。

汗水沖得掉，體力卻白白浪費。即使不提這個，內心也被無力感折磨，如果對自己說得嚴厲一點，那麼我甚至還沒有立場思考食物或弱肉強食的問題。

這就是我。

自給自足嗎……

或許這個課題反而更難。

「只有擁有武力的人，才會猶豫是否該行使武力。」

事到如今，我想起師父曾經說的這番話。不，這或許是哥哥說的。

到最後，我這天中午只吃了米飯。

連這些米飯都不是我收割的。

甚至不是我買的。

006

大致來說，我不擅長料理。

在家裡都很少下廚，在山上更不用說。

頂多只在學校上過料理實習課。

阿良良木家也不是暑假會去露營的家庭環境。哥哥升上高中之後更不用說。

即使是我帶來的裝備，老實說我也從來沒用過。

我原本覺得帶一些更不用花時間調理的行動糧食比較好，不過……

「不行啦！上山閉關的氣氛很重要，所以要是帶最新的調理器具，心情會全部搞砸喔！」

月火如此主張。

「放心，我會好好教妳飯盒怎麼用！認真仔細地教妳！不知道用法的僅止於炊爨的『爨』這個字就夠了！」

月火肯定同樣沒露營經驗，不過我這個妹妹求生能力意外地強，而且基於各種意義擅長料理。

即使缺乏知性，在生存競爭這方面，這妹妹也令人覺得擁有強大優勢。

如果是月火，她在山上肯定也能面不改色取得食材吧。她身為火炎姊妹的參謀，或許會漂亮設下陷阱給我看。

總之，我按照妹妹的教導，使用飯盒、從溪谷打來的水以及隨身用的瓦斯噴槍煮飯。光是這樣就手忙腳亂，我覺得自己好丟臉。

真是難為情。我原來是這麼沒用的傢伙嗎？

師父說的「面對自己」是這個意思嗎？要我知道獨自活下去多麼困難……或是要我知道自己是什麼都做不到的人……不過，要領悟這種事，感覺不需要刻意上山淋瀑布。

稍微講一下，我就會懂。

總之，這時候說我把米飯燒焦多少也沒用，而且老實說，我也不想說明自己煮的飯吃起來完全不像是使用那麼好喝的水。這部分就容我斷然割愛吧。不過，唯獨煮飯冒出的香氣似乎不差。

我自己這麼認為。

野生的熊好像也這麼認為。

「慢著，有熊啊啊啊啊啊啊啊啊啊！」

即使場所是動物園，遭遇猛獸時最不該做的事情之一就是「大呼小叫」。雖然我早就知道這個情報，不過該說知識和實踐不同嗎？野生的熊實際位於面前，我不可能不大叫。

因為真的超大隻的。

熊！

熊已經熊到不是熊以外的任何生物了！

而且，我遇見的熊是群體。

共四隻。

不對，慢著慢著，又不是兒童卡通，熊是群居的生物嗎？我書讀得不多（這是最令我為自己書讀不多感到可恥的狀況）所以沒辦法斷言，但是熊給我的印象不太像是會群聚共同行動。

若要說例外，就是那樣了。

只限於熊家族的場合。

從這種角度來看，感覺帶頭的熊是熊媽媽，另外三隻稍微小一點（但還是夠大了）的熊是熊小孩。

如果這是人類，媽媽帶著三個小孩是一種令人安心的組合，看在眼裡甚至會覺得溫馨，但如果是熊，樣貌就完全不同。

帶著孩子的熊。

這是絕對不能刺激的對象。

這種平凡的雜學，即使是不讀書的傢伙，也就是我這種傢伙都知道。而且既然是被食物的味道吸引過來，代表這一家是飢腸轆轆的熊。

狀況爛到像是爛上加爛。

更爛的是飯盒裡已經沒有能分給這群熊的飯。連一粒米都沒留。

到頭來，熊會吃米飯嗎？只是在前來抓魚的時候被香味吸引嗎？

……總之，熊會不會吃米飯是其次，這時候我除了感受到迫在眉睫的危機，還得同時思考熊會不會吃人。

思考熊會不會捕食人類。

雖然從狀況來看幾乎是搞笑場面，卻是正經至極的場面。

是無比嚴肅的場面。

不只是空手道，在格鬥技的世界，我聽過和熊或獅子這種猛獸對打並且漂亮獲勝的傳說，也就是神乎其技的傳說。不過連松鼠都抓不到的我，面對四隻熊不可能對抗得了。

連動物園的熊都不可能，牠們還是野生的熊。

來自大自然。

即使如此，我還是憑著氣魄與骨氣，鼓起對抗熊的志氣與身為人類的尊嚴，不過當我看見這群熊看我的眼神，這些東西就很乾脆地消失，快到連我自己都嚇一跳。

完全是看著餐點的眼神。

看著獵物，看著食物的眼神。

啊啊……

我靜靜理解了。

直到剛才苦惱的糧食問題，我就像是學到了極為適當的解答。

這是屹立不搖到露骨的程度，我這種人沒資格想到的解答。換句話說，人類也是食物。

弱肉強食的終點——食物鏈。

連結起來，串接下去。

食物與食物的連鎖反應。

「…………」

不，就算這麼說，身為這條連鎖的生物之一，也不能大徹大悟決定在這時候灑脫被吃吧？

我絕對不要。

我不想死，也不想被吃。

別說瀑布修行，我連第一個山頭都還沒越過。師父也是，既然有熊出沒，為什麼不告訴我？

還是說，錯的是我不應該擅自脫離路徑找水源嗎？不是熊找上我，是我闖入熊的地盤？

沒想到不是遇見鬼，是遇見熊……

照這樣看來，遇見鬼還比較好吧！

「可惡！既然這樣，只能打了！」

「蠢貨。什麼叫做只能打了？」

我下定決心，握緊拳頭要撲向熊家族的時候，我的腳上浮到半空中，整個人就這麼被翻過來。

看來是我正後方的某人，對我使用摔角的岩石落下技成功。

不不不，沒成功。要是在滿是石礫的地面這麼做，我會當場沒命。破裂流出的腦漿，會被熊群美味享用。特地方便牠們食用是怎樣？

「吵死了。即使下定決心，汝同樣會被美味享用吧？好歹裝個死吧。」

正後方的某人如此吐槽，同時從勉強點到為止的岩石落下技姿勢（類似後橋背摔的感覺）放開我。話說……正後方的某人？

這個某人是誰？

仔細一看，是將金髮梳成包包頭，身穿褲裝，年約二十歲的大姊姊。

「呃，咦？剛……剛才我在山腳見到一個很像您親戚的女生耶？」

「啊啊，那是吾之表妹。」

她如此斷言。明確斷言到沒有反駁的餘地。

總之，看她們長得很像，應該沒錯吧。但金髮包頭小姐的身高和我差不多。

雖說熊出現令我毫無餘力，但她不只是進入我的警戒距離，還對我施展華麗的摔角招式，我再粗心大意也要有個限度才對。

看來，她救了我。

如同剛才她的表妹救了我。

……無須別人吐槽，居然不顧一切想朝野生熊群特攻，我自己都覺得瘋了。只能認定剛才失去冷靜。

「真是的，第一天就被熊襲擊，汝之苦難亦不輸兄長啊。」

「咦？大姊姊，妳認識我哥？」

「…………」

金髮包頭小姐沉默片刻。

「喂喂喂，居然出現此等幻聽，嗯，看來汝尚未回復正常。在山上巧遇之登山客，不可能認識汝之兄長吧？更不可能依照汝兄長之命令，躲在影子裡和汝同行。」

接著，她滔滔不絕對我說。

哎，她說的一點都沒錯。總之，身邊有個令人不禁看到入迷的外國美女，而且還有四隻熊，人類在這種時候頗難冷靜。

話說，現在不是冷靜的時候啊！

她在我貿然魯莽要挑戰熊家族的時候阻止，我對此感激不盡，但是現狀沒有得以解決。危險的狀況依然存在於這裡。

不只如此，事態還惡化了。

無止盡地惡化。

如果只是我因為自己的疏失（火已經熄滅，在這種場合卻是弄巧成拙。野獸明明怕火，無法想像身為前火炎姊妹的我會犯下這種錯誤），被受邀前來的熊家族襲擊，廣義來說解釋成自作自受就好，不過我的天啊，千里迢迢從海外來日本，只是湊巧經過這裡的外國客人居然被我殃及！

我受到「只有這位大姊姊一定要保護！」的使命感驅使。

「快逃！這裡由我斷後！」

我張開雙手站在金髮包頭小姐前面。這輩子居然真的能說出「這裡交給我，你先走」這種話，我沒想過會榮獲這種機會。

甚至覺得努力有了回報。

不過以這種狀況，「斷後」解釋成「被吃掉斷絕後續的人生」或許比較正確……總之就專心爭取時間吧。

不執著於勝敗……嗯？

這是不是師父說過的話？

不，現在不是想這種事的場合。我現在要應付四隻熊，沒餘力思考！

「放馬過來吧！」

我就這麼沒取回冷靜，卻感受到沸騰的熱血，注入氣魄如此大喊。

不過，以像是只用視線毆打的心態瞪過去，我發現這群熊家族背對著我，正在垂頭喪氣離開。

形容成「垂頭喪氣」有點保守，實際上熊群是一溜煙逃進森林深處，只有背影留在我瞪向虛空的視野範圍一角。牠們的背影也立刻消失。

「呃，咦？」

「喀喀。沒什麼，熊原本極為膽小之生物。甚至只要人類大呼小叫就會主動迴避。看來是被汝之怒吼嚇到吧。再怎麼樣也不是因為和吾之視線對到。」

金髮包頭小姐說完笑了。笑得好古典。

唔，嗯？

這麼說來，我並不是沒聽過熊是膽小的動物……聽說只要叫喊或發出聲音，熊就不會接近人類，不過這始終是遭遇前的預防措施吧？

既然熊被食物的香味吸引而主動接近，就不適用這個準則才對，而且應該和我一開始想的一樣，大吵大鬧反而會造成反效果吧……唔～～不過實際上，熊群真的像那樣逃走了。

是個體差異嗎？

熊也不能一概而論嗎？

我的怒吼居然擁有此等力量……最近的艱辛修行，說不定使我獲得超乎想像的成果。

難怪能獲得「免許皆傳」。

也可能是「逐出師門」。

「總之，接下來之路途多加小心吧。不，吾在回程路上，無法和汝一起走，不過，嗯，送汝這個吧。」

像是要趕快結束熊群逃走的話題，大姊姊這麼說完，給我一個小小的東西。這是什麼？金平糖？

「我吞。」

「蠢貨！」

她賞我一巴掌。

天啊，素昧平生的人不只是對我使用岩石落下技，還賞我巴掌……咦？我的修行果然還完全不夠嗎？還是說這個人也有練格鬥技？

畢竟她身材超棒的。

「不准看到什麼都送進嘴裡！就是因為這樣，兄長才會幫汝刷牙！」

咦，我說過刷牙的事嗎？

剛才應該提過我有哥哥，什麼嘛，原來那是普通兄妹常見的互動。

是阿良良木家常見的互動。

常見的互動。

總之，因為這一巴掌，所以我吐出嘴裡的東西。

不是金平糖。

是鈴鐺。

不是手搖鈴，是圓圓的鈴鐺。

「此為『熊鈴』，掛在背包吧。這麼一來每走一步都會發出鈴聲，肯定能協助汝驅熊。」

啊～～原來如此。

天底下就是有人這麼聰明。

想到這個點子的傢伙是天才。

我連骨子裡都植入格鬥技的動作，所以行動的時候自然習慣避免發出腳步聲甚至衣服摩擦聲，不過現在非得反其道而行了。

「此外，還有這個。即使掛上鈴鐺，熊若是要來還是會來。雙手空空還是會放心不下吧。」

我暫時放下背包，依照吩咐掛上鈴鐺之後，金髮包頭小姐這次遞給我一根長棍狀的物體。

「千萬別吞下去啊。因為汝不是吾。」

雖然接受這樣的叮嚀（後半段我聽不懂。「因為汝不是吾」？），但是不用說，這種形狀的東西，我終究不可能吞下去。

這是什麼？手杖？

即使不是登山必備物品，也有許多人使用。電視上也經常看到登山客像是滑雪那樣雙手拄著手杖的影片。

她要借我這種手杖？

我是這麼想的，但我錯了。

這不是手杖，是出鞘的日本刀。

007

這趟逢我三山縱走之旅，在第一座山——鬼會山的後續路程，沒有遭遇值得寫下來的麻煩事。

不，突然就遇見熊，在登山會遭遇的麻煩事之中，肯定是首屈一指的體驗，所以除非真的很嚴重，否則我會覺得沒什麼好寫的吧。

即使是糧食危機的問題，在自己被當成熊家族的團圓飯之後，也覺得不是什麼大問題了。想到不用擔心缺水，白米存量也足夠，我究竟還有什麼好要求的？

無論要求什麼都是奢求至極吧。

光是活著就夠了。

只是，雖然沒有該寫的麻煩事，不過鬼會山本身是相當崎嶇的登山路線，如今這一點應該沒錯。

淋瀑布這個最終目的是象徵性的，師父將我送進山上，大概是要我進行精神上的修行，不過即使從肉體層面來看，光是正常登山就是一種充分的訓練。

要是興致來了，我就倒立爬山給你們看！

我好想把剛才這種意氣風發的自己餵給熊吃。

甚至想餵給松鼠吃。

想警告不准得意忘形。

要知道柏油路多麼造福人群。

「地面是直的」究竟多麼偉大，我花了不少時間才慢慢理解。還有，明明連新手都不如，卻覺得「使用手杖是嚮往精良裝備的新手在做的事吧？」的我，也同時知道手杖多麼造福登山客。

就說了，這不是手杖，是日本刀。

出鞘的日本刀。

金髮包頭小姐送的東西。

「若是下次熊再出現，就抱持親手殺來吃之氣魄吧。這麼一來，熊應該亦不太敢造次。光是帶著就很可靠喔。」

就算她這麼說，但這不是地圖或鈴鐺，不是有人給就可以收下的東西（感覺光是帶著就只會造成危險），這麼想的我原本要堅拒她的好意。

「放心，不使用時就當成手杖吧。」

她這麼說，然後硬塞給我。

她是行事很強硬的人。

「汝或許認為空手道家帶武器違反美學，但在山上不帶利器反倒奇怪吧？」

唔～～聽她這麼說也沒錯。

而且雖說是空手道家，我師父也沒禁止使用武器。

師父說，使用武器是人類的智慧……嗯？

……我對她說過我是空手道家嗎？

「可……可是，如果把這個給我，大姊姊您回程沒問題嗎？」

「沒事的。無須此等物品……更正，只要使用技能，這種程度之物品要量產多少複製品都行……再更正，因為吾確實帶著備用之武器。」

原來如此。

雖然聽不太懂，不過原來如此。

她真習慣登山。居然帶著登山工具的備用品，心態果然不同。

所以我決定恭敬不如從命。

身為業餘的天真小妹，決定恭敬不如從命。

以出鞘的日本刀當手杖使用，劍道家聽到應該會震怒吧，不過用劍代替手杖也是情非得已。

實際上，我覺得從命真是太好了。在翻山越嶺的時候，能將部分體重交給手杖支撐，真的令我感謝。

不知為何很好用。

超順手。

只不過，因為外觀是出鞘的日本刀（應該說實際上也是出鞘的日本刀），如果和其他登山客擦身而過，我想應該要花不少工夫解釋。但幸好我只和這位金髮包頭小姐打過招呼，換句話說沒和她以外的人擦身而過，就越過第一座山——鬼會山。

第一階段突破！

看到外國人來這裡，我以為這座山比我想像的還要主流，不過看來原因在於那兩人（記得她們是表姊妹？）是造詣很深的登山狂人。畢竟途中也有好幾處是已經稱不上登山道路的險境。

總之，無論如何，第一天就此結束。呼。

雖然發生幾件預料之外的事，或者可以說預料之內的事幾乎都沒發生，不過最終還是有驚無險。今晚就好好休息，養精蓄銳，明天開始挑戰第二座山——千針岳吧。

我從背包取出寢具。

也就是睡袋。

本來想說要不要帶帳篷，不過這樣行李會增加，一個人住帳篷也太誇張，所以選擇睡袋。

雖然相當擔心在山上會睡不好，不過大概是從早走到晚很累吧，反倒可以睡得比平常還熟。沒有餘力享受大自然，也沒有餘力眺望星空，在凹凸不平的地面縮成一團入睡。

甚至沒做夢。

也沒見到任何人。

008

回想起來，熊趁我睡覺時接近的話該怎麼辦？我應該預先準備對策。不，熊沒來，但即使來了也不奇怪。

不只是熊。

雖然還沒目擊，不過在如此鬱鬱蒼蒼的森林地帶，至少會有蛇吧。如果是毒蛇就慘了。這裡是無法期待手機收得到訊號的深山，根本求助無門。

疲勞使得戒心放鬆了，得繃緊才行。

我在附近的溪谷洗把臉，身體也沖乾淨（得知熱水的可貴），以精神抖擻的狀態迎接第二天。

感覺飯煮得比昨天好。

可見凡事都要習慣。

但我不知道是習慣了方法，還是習慣了味道。

所以我認為第二天的山路肯定比昨天好走，不過實際上沒這麼順心如意。

應該說，我忘了。

不小心就大意了。

構成逢我三山的三座山，其中的第二座山——千針岳，風景和鬼會山截然不同。

說到千針岳，山上的樹木大多是針葉樹吧……我抱持這種先入為主的觀念，不過稍微調查一下（我好歹預先調查過，始終是不小心沒查到這部分）就會發現千針岳的「針」不是針葉樹的「針」。

如果是針葉樹該有多好。

千針岳的「針」是「尖如針的岩石」的「針」。換句話說，千針岳是一般所說的岩山。

別說針葉樹林，山上幾乎沒有樹木生長。

所以，今天的行程與其說是登山，看起來更像是攀岩。像是貼在岩石表面，以「三點不動一點動」的原則移動時要用到雙手，所以說來可惜，金髮包頭小姐送給我當成手杖的日本刀，只能放在兩座山的交界處。

本來也想過綁在背包上帶著走，不過畢竟是出鞘的日本刀，要是摔倒可能發生慘案……回程的時候得記得回收才行。

畢竟回程也會有熊。

所以，為了避免被偷，我在樹蔭挖個淺洞埋好日本刀，然後挑戰千針岳。如果單純只看勞力，這段路途應該比昨天還辛苦吧。

可以說每進行一個階段，難度就會增加。

攀岩一定得使用全身，而且老實說，繩索之類的裝備不算充足。照例暴露我總是準備不足的缺點。

不過，和幾乎沒經驗的普通登山不同，當成訓練一環的抱石等運動項目我還頗有經驗，所以心態上有點餘力。

雖然只是有點，但還是有餘力。

「知道」果然是武器，是力量。

翼姊姊說的「我不是無所不知，只是剛好知道而已」是禮貌性的謙虛，同時也是堂而皇之的自負吧。雖然好久不見，不過如果是她，「和自己見面」這種像是問禪的問題，或許也能順利漂亮地解決。

現在的我，需要知道我自己。

需要知道阿良良木火憐。

不。可是，我還是不懂。

完全看不出來。

在這種大自然之中，一個人只憑自己之力行動，當成重新審視自己的機會。走到這裡我已經頗能體會到，這就是師父勸我進行瀑布修行的意圖，但我並不是在森林裡誕生，也不是想住在山上。

在這裡像這樣貼著岩石的我，應該不是真正的我。我的本質應該是在求學高中上課的我，或是放學後在習武道場揮正拳的我。

這才是我。

和哥哥玩，和月火嬉戲的我，應該比和熊對打的我更像我。

若要尋找自我，我覺得用不著進深山淋瀑布，這種東西在家裡就有。不對，之所以這麼想，肯定是因為攀岩很辛苦。

因為力氣變弱，所以逐漸朝軟弱的方向思考。想要找藉口休息。

想不到好方法只會浪費時間。

既然這樣就別講一些有的沒的，乖乖斷然休息比較好。

等到淋瀑布就懂了。

就當成這是師父給我的考驗，用來獲得免許皆傳的考驗吧。我或許不知道我是什麼樣的人，但我知道我的師父是什麼樣的人。

師父不會說謊，也不會亂說話，而且也不會叫人做任何做不到的事。

既然師父要我上山閉關，這趟艱辛的縱走，我不可能做不到。

但是師父也說過，如果做不到可以回頭……不提這個，我緊貼在岩石表面，全神貫注持續攀登千針岳。

雖說和昨天相比，今天的行程我多少有點經驗，不過想到失誤時會造成無法挽回的失敗，我就不得不慎重。

摔在柔軟的泥土還是尖銳的岩石，受到的傷害完全不同。專心，我要專心。不應該思考多餘的事。

在山上，光是活著就要拚盡全力。

即使偶爾要繞路也不以為意，我盡量確保安全的路徑，朝著山頂前進。

假如我受傷，也會連累到下這個指示的師父。想到這裡，就覺得這果然不是我一個人的問題。

為了相信我的人，我必須活下去。

只是，即使我自認慎重再慎重，人類能做的還是有限。應該說我以虛擬訓練得到的知識有限。

這真的就是「不是無所不知，只是剛好知道而已」。

室內進行的抱石，和戶外進行的攀岩是兩回事。說來理所當然，但我將兩者劃上等號。

大意之至。

那個，事情是這樣的，這裡是戶外，當然沒有冷氣或空調，也沒有遮陽的屋頂。

沒有防曬的屋頂。

隨著時間經過，陽光從正上方燦爛灑落。

我當然不是在擔心晒黑。進行戶外活動時，我好歹會擦防晒油。我至少還有這種程度的女子力。

我使用向月火借的防晒油，可以說把全身擦得滑溜溜的。

我不是說這個，是說岩石表面。

岩石。

「好燙！」

在烈日高照之下，我抓住大概是岩石變質產生的裂縫，但是裂縫釋放像是平底鍋的高熱。

熱到可以煎蛋。

即使是前火炎姊妹也受不了。

我不只是反射性地鬆開手指，身體也大幅往後仰。我無計可施。

想回復平衡，卻繼續失去平衡。別說三點不動，根本是零點。是滿分，也是零分。

糟糕，要摔下去了。

而且是摔在尖銳的岩山表面。

就像是摔落針山——千針岳。

只是骨折還好，我將會慘遭穿刺。

明明絕對不是這麼做的時候，這個想像卻令我的身體畏縮。明明沒有尖端恐懼症，但無論如何都被「針刺」這個關鍵詞束縛。

身心都被這個詞束縛。

唔，喔。

腦海竄過像是走馬燈的東西。

這是什麼感覺？

這就是死亡嗎？

不不不，現在抱持徹悟的心態還太早。不只是沒淋到瀑布，連半途而廢都稱不上，而且即使被岩石刺穿，也不一定會立刻喪命。

也可能是傷重骨折卻沒死。

最壞的狀況是軀幹被刺穿，動彈不得，卻沒能立刻死亡而痛苦掙扎，最後由太陽晒熱的石頭從身體內側逐漸燙死……唔哇，我的想像力太豐富了！

「會脫臼喔！」

我聽到這個聲音的下一瞬間，肩頭一陣劇痛。

右手臂伸直，全身的體重都落在上面。

不，支撐我全身體重的或許不是肩頭，是手腕。也可能是穩穩抓住我手腕，像是楓葉般的小小手掌。

小小手掌。

在我即將落下的千鈞一髮之際拉住我的這個手掌，來自於看似躲在我的影子攀岩的金髮娃娃頭幼女。

009

「是表妹之表妹。」

金髮娃娃頭小妹的自我介紹，聽起來像是只有一百零一種說謊方式的傢伙，但是懷疑救命恩人不是好事。

看來她們是整個家族都來登山。雖然擔心她們走得這麼散是否沒問題，不過好幾次差點遇難的我沒道理擔心。

只是，我居然被十歲左右的女孩救了一命……而且連十歲小孩都能挑戰的路線，我卻擅自認定是難關，我為這樣的自己深感羞恥。還差點從那裡摔下去。

我活著簡直丟人現眼。

都只是一知半解。

不過，活下來真是太好了。即使丟人現眼。

金髮娃娃頭小妹身穿月火平常穿的和服，看起來總覺得是住在山上的妖怪。怎麼想都不是登山用的服裝，但是穿在她身上莫名合適，令我神奇地接受。

「唔唔，年齡設定不太順利……看來即使是吾主之血親，轉移至他人之影子依然太勉強了。」

金髮娃娃頭小妹說著不明就裡、大概是基於某種外國文化的自言自語，然後抬起頭。

「來，肩頭給吾瞧瞧。吾幫汝急救一下。放心，看來傷得不重，可以繼續登山。」

她說著脫起我的運動服。

雖然個頭只有我三分之一的幼女對我為所欲為，不過她這種與其說過時，甚至已經可以形容為高傲的態度，使我沒有力氣違抗。

畢竟不誇張，我剛才差點死掉。

鬼門關距離我那麼近。

我第一次感覺死亡近在咫尺。明明是來和自己見面，我卻遇見死亡。

不，難道說，師父想說的是這個意思嗎？「去鬼門關晃晃」應該不是師父會對徒弟下的指令吧……不過，假設不是這樣，那麼我或許沒能完成指令就要回到城鎮。

雖然金髮娃娃頭小妹以這番話安慰，不過依照疼痛程度，我的肩膀肯定脫臼了。或許手肘的筋也拉到極限，現狀一定要盡快前往醫院進行適切的治療。我昔日就是有過這種經驗，所以明白這一點。

說來遺憾，看來我的縱走在這種不上不下的地方結束了。

一知半解，不上不下。

總之，我以令人提心吊膽的蹣跚腳步在岩地移動，好不容易來到足夠讓兩人坐下的平坦場所，接受金髮娃娃頭小妹的緊急治療。

「那麼，把脫臼的關節接回去喔。一，二，三！」

「呀啊啊啊！」

她相當無視於常規，以蠻力接回關節。

「舔。」

接著，幼女劈頭舔了我的患部一口。

什麼？

以為舔一舔就能治好嗎？

擦傷就算了，這是脫臼耶？

再怎麼說，這文化差異也太大了吧？我扭動身體想逃離金髮娃娃頭小妹。

「……咦？」

此時，我察覺痛楚迅速減輕。

「咦？咦？」

試著轉動手臂，也是正常運作。

不，反倒爽快得像是至今攀岩使用到的肌肉疲勞也驟然消失。

毫無突兀感。

這種清爽的感覺是怎樣？

「喀喀。看來吾之『痛痛飛走吧』奏效了。」

雖然聽起來只像是隨口說說，不過那麼嚴重的痛楚似乎真的飛到九霄雲外。我的天啊，幼女的唾液居然有這種療效。

難怪哥哥對幼女這麼執著。

原來是這麼回事。

這或許應該發表到學會……不，大概只是差點死掉的打擊增幅痛覺，我肯定從一開始就沒脫臼吧。

差點死掉的打擊使我精神失常，被幼女舔的打擊使我回復正常。剛好和哥哥相反。

總之這麼一來，我應該可以繼續登山，不會半途而廢。

太好了。

但也有種不知道這樣是好是壞的感覺。

「謝啦～～！」我重新把運動服穿好，向金髮娃娃頭小妹道謝。

不只是因為她為我急救，也為她剛才在九死一生時拯救我而道謝。

「沒什麼，無須介意，平身。」

不，我並沒有恭敬到磕頭道謝……哎，算了。

對外國客人說「你日語說得真好」似乎是違反禮儀，就算這麼說，我也不認為指摘對方「這句日語怪怪的喔」禮貌到哪裡去。

「那麼，吾就此告辭。距離目的地逢我瀑布，汝已經走到大約還差一半路程之地點，加油吧。」

「咦？我說過我的目的地是逢我瀑布嗎？」

「說過。」

她非常堅定地斷言。

原來如此，我說過啊……

「哼，為了和自己見面而上山閉關嗎……哎，確實是討厭人類會想之點子。而且確實也是必須完成之課題。尤其是汝這種行事不顧後果之年輕人。」

總覺得這番話講得很有分量。

明明是十歲女生。

……難道說，金髮娃娃頭小妹她們也是親戚互邀全家出動，為了和自己見面而前來淋瀑布？

「唔～啊～～沒錯沒錯。吾同樣迷失自我好久了……所以汝接下來或許還會遇見其他表姊妹。」

「這樣啊……妳們是大家庭耶。」

「來，這個拿去。是手套。這樣應該可以多少降溫吧。」

金髮娃娃頭小妹說完，不知道從哪裡取出登山用的手套遞給我。

這手套怎麼看都不是她小小手掌的尺寸，大概是親戚要她幫忙拿的吧。

無論如何，剛剛才差點摔落一次，現狀不容許我客氣。

只能收下了。

「不好意思，我明明什麼都無法回報……」

「不不不，託汝之福，吾能吃之甜甜圈種類愈來愈多。賺翻了。只差一點即可全吃一輪，不然汝再陷入一次危機亦無妨喔。」

唔唔，國外笑話的水準真高。

我完全聽不懂。

只能要笑不笑聽過就算。

「那麼，保重啦……即使和自己見面也別吵架啊。」

幼女留下耐人尋味的這句話，然後輕快起身，沿著我爬上來的路線下山。我覺得還沒謝夠，連忙追上去想叫住她。

「？」

然而，岩石後方已經沒有金髮娃娃頭小妹的身影。應該不是摔下去吧？

010

往下看也沒看見金髮娃娃頭小妹，所以我判斷應該單純因為她是攀岩好手，決定繼續前進。多虧獲贈的手套，從這裡開始很順利。

一帆風順。

當然，後來也好幾次出現危險場面，但還是有驚無險克服危機，繼鬼會山之後，逢我三山的第二座山——千針岳也翻越成功。

第二階段突破！

因為很辛苦，所以我甚至有種「現在回去也沒關係」的成就感。畢竟已經體驗過生命危機，我覺得該學的事情或許學完了。

還有什麼好學的嗎？

也可以說不知道有沒有開放新的東西可以學。

只不過，行程都走到三分之二，現在回頭也挺遺憾的。難得沒脫臼，所以應該做到底。

既然沒被尖石貫穿，那就貫徹意志吧！

……不提這樣講得妙不妙，總之我像這樣重新下定決心，度過第二天夜晚。

不提「免許皆傳」或是「和自己見面」之類，總之我想把一度開始做的事情做完。走到這一步可不能放棄。

不過，我在想。

幸好湊巧有那群全家一起來的外國登山客，如果沒有她們，不知道現在的我是什麼下場。

畢竟看起來果然沒有其他登山客……總之，雖然不知道會在哪裡受挫（或許只是在鬼會山入口看不懂地形圖不知所措，結果毫髮無傷就回去），但是如果沒有她們，我肯定無法達成瀑布修行這個目標。

這麼一來，認為我應該可以抵達逢我瀑布的師父就看走眼了。

這令我感到慚愧。

甚至羞恥。

還是說，和我是否做得到無關？

師父說過，勝敗不重要。

我還是不太懂。

即使覺得好像懂了，肯定也是自己想太多吧。

甚至可以說是胡思亂想。

哥哥或許會懂。

哥哥和師父的生活方式或思考方式都截然不同，不過共通點在於都不是那麼重視勝負。

以哥哥的狀況，有種「輸才是贏」的感覺，不知道實際上怎麼樣。

師父絕對不是要我獨力前往逢我瀑布，所以即使接受外國家族的協助，也不會害得修行失去意義，不過接下來即使遭遇表妹的表妹的表妹，我也希望別勞煩對方就突破難關。

011

逢我三山的第三座山，最後一座山——咔嚓咔嚓山。

聽到這個名字，會令人忍不住聯想到兔子與狸貓那則故事裡的那座名山。這大概不是正式名稱，而是通稱吧。

聽說很久之前是火山。雖然現在不必擔心噴火，不過聽到這個情報，我這個前火炎姊妹就有某種情緒開始沸騰。

火熱沸騰。

只是，雖然情緒沸騰，而且昨晚剛立誓接下來要獨力闖關，但我第三天早上突然遇到難題。

這是咔嚓咔嚓山究竟是哪種山之前的問題。

打開背包要煮今天的飯，發現米居然沒了。

只剩下空袋子。

咦？是熊趁我睡覺的時候吃掉嗎？

我依然忘不了第一天的心理創傷，不過如果熊來了，那麼應該不會吃米，而是吃呼呼大睡的我吧。

熊以外的野生動物，真要說的話也有嫌疑，但我不認為野生動物只會吃掉米而留下完整的袋子。如果是野生動物幹的好事，袋子應該會被牙齒咬得更破爛。

這麼一來，究竟為什麼？

是掉在哪裡嗎？

袋口沒束緊，像是《糖果屋》的漢塞爾與葛麗特那樣，一邊掉米一邊走到這裡嗎……如此心想的我回頭看，卻也沒看到類似的痕跡。

既然這樣，應該是昨天攀岩到一半，差點從岩壁摔下去的時候，豪邁地全部灑光吧。只可能是當時弄丟的。

這麼一來，當時的受害者僅止於米，應該是一種僥倖。

在那個狀況，光是撿回一條命就是意外的收穫，不過想到原本就不算充足的裝備可能全部遺失，背脊終究竄起一陣寒意。

不，光是在這種地點失去食物，就是十分嚴重的損害……哎，既然是米，就算灑在地上，野生動物也會幫忙吃掉吧。

不過，這下傷腦筋了。

傷透腦筋了。

早上煮一天份的飯再捏成飯糰吃的維生方式這麼快就不能用，我只能束手無策，不知道今後該怎麼辦。

不過，如今只能前進。不能以糧食問題為理由回頭。

因為這時候回頭的話，正確來說就是得花一天走第二座山——千針岳回去。必須走岩山回去。只能一邊攀岩一邊覓食。

既然這樣，不如繼續往前走，一邊「在當地取得」食材一邊爬咔嚓咔嚓山，這才是上策。

幸好，幾乎沒有事前情報（師父也沒有詳細說明），不知道是哪種山的咔嚓咔嚓山，像這樣看起來，感覺比較接近第一座山。

當然，難得獲贈的武器（日本刀）已經留在前一座山，即使還帶在身上，至今確實累積疲勞的我，也不可能抓得到野生動物。

不過，如果是植物呢？

植物不會逃走。

不會來吃我（重要）。

我反倒詫異自己還在爬鬼會山的那個時候，為什麼沒想到採山菜配飯。

……其實沒什麼好詫異的。

因為我討厭吃蔬菜。

我老是在吃肉，是真正意義的肉食系女子。

植物也是活著的生命，所以吃植物也是殺生的這個論點，這時候就放在一旁吧。我還沒達到討論這種議題的境界。

我再也不會說「討厭吃蔬菜」這種奢侈的話語，懇請各位原諒。

所以，這個意外也終於變成切身問題了。為了進食，也就是為了活下去，我非得攀登第三座山——咔嚓咔嚓山。

第三天開始了。

012

雖然剛要攀登咔嚓咔嚓山就突然遭遇麻煩事，不過這座山本身當然也不是省油的燈。

即使無法單純和攀岩相比，但是和第一座山比起來，雖然給人的感覺很像，難度卻完全沒得比。鬼會山的登山路線，多虧有手杖（日本刀）所以能夠比較輕鬆征服，不過說來驚人，這座咔嚓咔嚓山到頭來根本沒有登山路線。

沒有像是山路的山路。

難怪地圖沒畫。

光是正常攀登，就像是已經遇難的登山方式。能依賴的只有山脊的坡度以及溪谷。

可以推測這座溪谷連結到山頂附近的瀑布，也就是逢我瀑布。

那麼以最壞的狀況來說，只要一直沿著溪谷走，就可以抵達目的地。雖然不確定這是不是正確的登山方法，卻是我自己的智慧。

至今的思考工作都交給月火，所以我只拿得出效率這麼差的智慧，可以說悲哀至極，即使如此，自己思考並且自己行動還是會有成就感，由此產生動力。

感覺自己活在當下。

回想起來，沒有食物是九死一生的危機，我的心之所以沒有受挫，或許都是多虧這份動力。該怎麼說，原來光是活著就是這麼快樂的事……我甚至冒出如此壯闊的想法。

這也代表我多麼辛苦吧。

總之，移動的時候總是確保有水可用，至少不是錯誤的做法吧。不過有件事必須注意，以熊為首的野生動物當然也會來喝水，所以這也絕對不是安全路線。

此外，雖然是基本常識，不過像是避免踩到溼石頭打滑，或是避免踩到爛泥絆住腳等等，必須注意這方面的細節。

我姑且在附近地上撿了兩根粗樹枝當手杖。同樣是手杖的替代品，拿一把日本刀的那時候比較輕鬆，不過，這也不能奢求。

如果沿著這座溪谷往上爬到最後能抵達逢我瀑布，那麼廣義來說，在這裡沖水就堪稱達成目的……我腦海掠過這種惡毒的想法，不過如果嚴山峻嶺縱走兩座半之後，終於遇見的卻是如此卑劣的自己，別說師父，我甚至沒有臉見家人。

見到自己之後再也無法見任何人，天底下沒有比這更愚蠢的事吧。所以我始終以完成全程為目標。

繼續縱走。

另一方面，也沒有疏於尋找食材。

走到這一步，比起按照計畫行事，覓食保命比較重要。不過也沒什麼東西比保命來得重要。

以最壞的狀況來說，不惜修改行動計畫，也要以「在當地取得食材」為優先……只是我也不能忘記，停留在山上的時間愈久，糧食問題也會不斷惡化，因為人類沒有任何一天可以不吃東西。

如果有帶獨木舟之類的東西過來，回程就輕鬆多了……其實我也這麼想過，但現在顧不了回程的事。

雖然不知道是休火山還是死火山，不過想到咔嚓咔嚓山的由來，就覺得這裡的土壤果然不適合開墾耕種。或許因為這樣，所以憑我的知識能夠辨識的蔬菜、水果或菇類，我完全找不到。

奇怪，不可能這樣才對。

高麗菜、蘋果或香蕉，是在哪裡長成什麼樣子？

013

假設深山有生長這種廣為人知的主流食用植物，也絕對不好吃的樣子。

平常在超市等處販售的蔬果，果然是經過人類改造，栽培成人類易於食用的品種。

總覺得飲食問題愈想愈深奧。只是這麼一來，我就是在很淺的淺灘苦惱了。已經不求好吃或是好入口，總之想填個肚子。我處於這種極度飢餓的狀態。

咦～～

話是這麼說，但我昨天確實吃過東西，所以我以為即使不吃早餐，至少還是可以撐過上午，不過完全不行耶？

看樣子撐不下去耶？

乾脆吃周邊的雜草算了，應該沒關係吧……聽說其實還算能吃。

而且也沒有哪種草真的叫做雜草。

因為失去米而失業的飯盒，要是拿來煮草吃，應該不會太慘吧……

我如此心想，不對，已經不確定是否在想，總之我蹣跚朝附近草叢伸手——

「……為何故意伸手摸會讓皮膚腫脹之植物？」

某人緊抓住我的手腕。

既視感。昨天差點從岩壁摔下的時候，也是這樣被抓住手腕。

天啊，又出現幼女嗎？我如此心想往旁邊一看，對方果然距離我非常近，不過這名金髮登山客不是幼女，是打扮得像是女高中生的雙馬尾女生。

哎，在大海另一側的國家，女高中生的定義與年齡絕對和日本不同吧，所以我不能一概而論，總之她是和我年齡相近的金髮辣妹。

「腫脹之肌膚，吾終究舔不下去。不然吾之舌頭亦會遭殃吧？」

不知為何，金髮雙馬尾妹講得好像知道金髮娃娃頭小妹舔過我的肩頭。怎麼回事，是親戚之間的心電感應生效嗎？

這種東西，在我和月火之間沒生效過啊？

不，我已經處於無法好好思考的狀態，所以不確定是否清楚聽到金髮雙馬尾妹的話語。或許她單純是以熱愛山林的登山客身分警告我「別小看山」。

確實，不管三七二十一就想採集山菜，自暴自棄也要有個限度。要是結果造成皮膚真的腫起來，那可不是開玩笑的。

「啊～～……那個～～……」

「吾是表妹。」

……哎，我想也是這樣吧。

不過，這一家到底是多少人來登山啊？

而且走得挺散的。

還有，難道沒有任何一個講師能教她們講現代的標準日語嗎？

處於有氣無力狀態的我，被金髮雙馬尾妹抓著手腕拖離草叢（會造成皮膚紅腫的草叢）。

「不准看到什麼都放進嘴裡，吾之表姊沒說過嗎？」

她這麼說。表情看起來很不耐煩，就像是自己的好心提醒被無視。大概是她和表姊妹的同步感受力很強吧。

不過，我聽過這種提醒嗎？

我完全不記得。

「恐怕只是記性問題，不過，吾就當成運動撞牆期使然吧。所以說，想起另一件事吧。看似高貴無比之親切登山客，不是送汝口糧嗎？」

唔。

這我想起來了。應該說，我為什麼一直忘到現在？

明明是短短兩天前的事，卻好像已經是大約兩年前的事。

沒錯，在逢我三山的第一座山——鬼會山入口處，金髮馬尾妹送我片裝巧克力。

片裝巧克力！卡路里！

我想想，那東西放到哪裡去了……

啊啊對了，記得就這麼放進運動服口袋沒碰過？

要是連這個都弄丟怎麼辦……如此心想的我摸索口袋。雖然口袋沒附拉鍊，但幸好確實留著。

只不過，大概是第二天的豔陽發威，巧克力好像融化一次又凝固，形狀變得扭曲，但是味道應該不會因而走樣。我將巧克力咬進嘴裡嚼食。

「……啊啊，感覺到了！我感覺到多酚！」

「慢著，居然能感覺到多酚成分，汝之舌頭太細膩了吧？」

金髮雙馬尾妹傻眼般說完，走回草叢那邊。

她沒走很遠，始終都在我影子所及的範圍，不過怎麼回事？掉了東西嗎？

我恍神沒多久（只吃一片巧克力，還是無法回復到腦袋能運作的程度），金髮雙馬尾妹雙手滿滿捧著花束……更正，捧著草束回來。

「拿去，此為可食用之草。吾幫汝採來了。」

「妳好親切！」

我擁抱金髮雙馬尾妹。

對於距離過近的外國訪客，使用不像日本人的方式表達謝意。

「我的畢業舞會舞伴就決定是妳了！」

「日本沒有畢業舞會吧？」

「妳是天使！不對，是神！」

「啊，別這樣別這樣。要是叫我天使或神，可能會有天大的麻煩找上門。」

仿古代的語氣改了。

天大的麻煩？

什麼東西？

「我立刻料理！妳也吃了再走吧！」

雖說要「料理」，卻也只是用飯盒來煮，不過如願獲得食物而亢奮的我，就像這樣邀金髮雙馬尾妹一起吃午餐。

「抱歉，難得汝如此邀請，但是以吾之狀況，吾不可能吃地表生長之物。」

她冷漠拒絕。

我感謝的心情逐漸冷卻。

而且她的拒絕方式好過分。

既然這樣，為什麼對能吃的野草或造成紅腫的毒草那麼清楚？

「總之，基於某些原因，吾對食物很講究。或許應該說吾身邊曾經有個傢伙對食物很講究。喀喀！」

金馬雙馬尾妹講得不明就裡，接著發出高亢卻帶點自虐的笑聲。

「所以吾無法和汝一起吃，不過至少陪汝吃完這一餐吧。」

她說完，坐在我準備好的瓦斯噴槍旁邊。豎起單腳的坐姿實在談不上教養，卻還是隱約帶著高貴氣息。

與其說高貴，應該說神聖？

啊，不對，記得不能說她是神？

為什麼？

「嗯？怎麼啦？」

「啊，那個……對了，我在想，大家都說山上有神……」

聽她這麼問，我隨便回答。

太隨便了。

但我確實聽過這種說法。並不是把我上山巧遇的外國觀光客誤認為神。

不過事實上，不只這個金髮雙馬尾妹，多虧這群金髮家族，我受到相當多的協助。

到了這種程度，即使是我這種隨便的傢伙，也超越「湊巧」或「偶然」的境界，感覺冥冥之中受到神的安排。

「哼，山即是山，沒有什麼神。」

金髮雙馬尾妹斬釘截鐵地說。

看來她不是虔誠的信徒。

「山確實神祕，或許這即是重點。不過以吾之狀況恰恰相反？」

「嗯？恰恰相反？」

「以吾之狀況，是在湖泊……不，總之，這是往事。很久以前發生之事。這個國家傾向於將自然現象視為神，或是將自然現象視為妖怪變化。崇拜自然，恐懼自然。怪異由此而生。不過，實際上，怪異或許只存在於人類心中。」

「？？？」

怎麼回事，我真的愈來愈聽不懂她在說什麼。由外國人教我日本文化，我也挺慚愧的，不過她是進入這種深山觀光的愛山人，對於山沒抱持自己的一套論點才奇怪吧。

「怪異」是吧？

不過，如果只是默默洗耳恭聽，我覺得對於救命恩人挺失禮的。

「就像是日文說的『疑心暗鬼』嗎？懷疑的心會誕生鬼……類似這樣。」

我出言附和。

我自己這麼說完，也覺得應該完全不是這麼回事。不過金髮雙馬尾妹以不知道是傲慢還是大方的態度說「哎，大同小異吧」同意我這句附和。

「鬼生於心，住於影。吾這種鬼和這個國家所說之鬼應該不同，然而此等差異亦可以說是人類有趣之處。所以，怎麼樣？」

「嗯？什麼怎麼樣？」

「先不提神或鬼……汝差不多已經見到自己了嗎？畢竟行程應該亦即將看到終點了。」

「啊～～」

咦？

我說過我的目的是「和自己對話」嗎？哎，既然她知道，那我應該說過吧。不行，看來意識還處於運動撞牆期。

「稱不上已經見到了。光是活著就很勉強喔。果然得實際淋瀑布看看，否則什麼都不好說。」

「光是活著就很勉強嗎？這就某方面來說真令人羨慕。畢竟世間也有想死卻死不了而頭痛之傢伙。」

「哇，有這種傢伙？」

「可以說有，亦可以說沒有。可以說還活著，亦可以說已死亡。好啦，草看來煮好了，差不多該吃了。」

「啊，嗯。我開動了。」

在她的催促之下，我直接從飯盒舀野草吃。唔～～說穿了應該是蔬菜湯吧，不過老實說，絕對不算好吃。

可以說沒味道，也可以說苦，大概是煮太久，也完全吃不出口感。真的就像是在吃毒物之類的。「飢餓是最棒的調味料」這句話也意外地可疑。

不過，我不奢求。因為這是金髮雙馬尾妹為我採來的（不過她自己拒絕食用就是了）。

營養，營養，營養。

生命，生命，生命。

我像是念咒般喃喃自語，將野草塞進喉嚨深處。為了抵達金髮雙馬尾妹所說即將看到的終點，我得好好吃東西才行。

「姑且記住野草之長相啊。而且接下來只要看到就先採集起來。第一座山肯定亦生長這些野草，回程之食物也能以此勉強湊合吧。」

「這方面都謝謝妳的照顧。」

「無須多禮。那麼，吾就此告辭。」

金髮雙馬尾妹說完迅速起身。

無論如何，吃過片裝巧克力與野草之後，腦袋多少轉得動的我一時好奇。

「請問，妳們究竟來了多少人？」

我這麼問。

走到這裡，一個，兩個，三個，再包含金髮雙馬尾妹，她們一家人我已經見過四個。

第三人的金髮娃娃頭小妹，預告我接下來可能會遇見其他人，實際上也像這樣獲得協助，但她們老是突然出現，所以我每次都嚇一跳。

對心臟不好。

如果接下來還會見到她們這家人，我想先知道具體來說會在哪裡遇見什麼樣的人，這種心態或許不只是好奇心吧。

接下來還有許多金髮金眼的表姊妹們下山嗎？還是說，這個金髮雙馬尾妹是押隊的最後一人？

對於我這個問題，她的回答居然是反問。

「先不提吾這邊來了幾人，汝這邊究竟來了幾人？」

我這邊來了幾人？用看的不就知道嗎？

在我不知道如何回答時，金髮雙馬尾妹露出不是天使，甚至是惡魔的微笑。

「汝該不會以為自己是一個人來吧？」

她說。

014

我當然認為自己是一個人來。

因為，我就是一個人來的。

我認為應該一個人來，而且如果有人陪，就不算是閉關修行吧？我之所以挑戰公認危險的單獨之旅，是因為我認為必須這麼做。

如果我願意，應該也能邀學校朋友或道場同伴一起來，如果向師父申請這麼做，我也不認為師父會拒絕。

這是我的判斷。

是我自己決定的。

哥哥的反對或是月火的贊成，極端來說一點關係都沒有，並沒有影響我的決定。一切都是阿良良木火憐的決定。

難道說，不是這樣？

就別人看來，我是盲從師父的吩咐，反抗哥哥，在月火煽動之下，毫無自我意識或意願，踏上這趟莫名其妙的旅程嗎？

我是沒有自我的傢伙嗎？

我是不存在自我的傢伙嗎？

我一邊思考這種事，一邊繼續爬咔嚓咔嚓山。總覺得與其說是登山，現在看起來更像是攀登溪谷，總之肚子裝點食物之後，先不提身體狀態，精神狀態順利回復了。

金髮雙馬尾妹不知何時消失無蹤。或許是我稍微低頭思索她那個難解問題的瞬間，她就拔腿朝河流下游狂奔而去。

就算這樣，但她為什麼要狂奔？

我再度因為道謝道得不夠而覺得消化不良。早知道應該問她的聯絡方式嗎？

總之，如果接下來又遇見她們的表姊妹，到時候就一起道謝吧。

我如此心想，試著踏出雙腳一步步前進，不過山這個場所對我毫不留情。

不簡單，也不溫柔。

話說，這第三座山咔嚓咔嚓山，就像是完全拒絕人類入侵般冷漠。

據說山上天氣多變，所以我終究猜想行程途中可能會下雨，背包至少確實裝入雨具。

也確認過沒弄丟。

到頭來，我是來淋瀑布的，所以我在心態上覺得多少下點豪雨也不算什麼。不過山上超乎我的預料。

沒有下滂沱大雨。

也沒有雷電交加。

並不是遭遇這種華麗的事件，反倒是靜悄悄接近過來，等我察覺的時候已經完全被包圍。

說成「包圍」，各位或許會覺得是野生動物的包圍，不過在這個場合，包圍我的不是生物。是霧。

放眼望去一片純白。

我走路時總是看著腳邊以免打滑，結果完全以弄巧成拙的形式，如同迷途闖入雲層。

有這種事？

我驚愕不已。

不用說，這個狀況相當危險，但我受到震懾的感覺比較強烈。

原來霧可以這麼明確籠罩在身邊啊，我以為頂多只是視野變得朦朧。

景色幾乎都被塗抹成同樣的顏色吧？

純白的顏色。

不，以上山會遇到的霧來說，這也是相當濃的濃霧。即使如此，放眼望去居然白到只看得見正下方，即使是雪景也沒這麼白。

不是黑得伸手不見五指，是白得伸手不見五指。

留在原地不動就會立刻消散？還是應該趕快移動，鑽出這股濃霧？我這個外行人難以判斷。

與其說是濃霧，這幾乎是惡夢。

思考得單純一點，我正走在地形多變的場所，既然視線被封鎖，留在原地不動應該是上策，但是如果這個狀態持續下去，我確實會愈來愈走投無路。在這種什麼都看不見的環境下，想調理野草也做不到。

如果是在夜幕之中，用火反而比較安全，不過同樣是視野不佳的環境，在白霧裡無法用火來擴展視野，說不定會受潮熄滅。

總歸來說，如果選擇等待，或許又會陷入運動撞牆期的狀態。以最壞的狀況來說，也可以直接生吃山菜，需要這麼做的時候，我也會毫不猶豫這麼做吧，不過這樣也有風險。

應該說，現狀已經沒有零風險或低風險的選項。無論怎麼做，都是攸關自己生死的高風險賭博。

大概連這個也是「面對自己」的一環吧。

總之，我選擇在濃霧之中，以聲音為線索，繼續沿著溪谷往上走。沒問題，我也受過矇眼戰鬥的訓練。

不過始終是在道場進行的訓練……

和道場比起來，山上反而比較多線索可以利用。我比至今更徹底小心腳底打滑……我要冷靜。

即使這座山上有熊或山豬出沒，在這股濃霧之中肯定也會安分。我就像這樣硬是讓自己安心，慎重拄著樹枝製作的手杖，繼續移動。

015

咔嚓咔嚓山。

逢我三山的第三座山——咔嚓咔嚓山。

我認為這個名稱來自那個童話出現的山，這個想法本身應該不是完全錯誤。我想這就是命名的由來無誤。不過，不只如此。

我現在確信，取這個名字的主因是另一個要素。

咔嚓咔嚓。

咔嚓咔嚓。咔嚓咔嚓。

咔嚓咔嚓。咔嚓咔嚓。咔嚓咔嚓。

咔嚓咔嚓。咔嚓咔嚓。咔嚓咔嚓。咔嚓咔嚓。

身處濃霧完全看不到前方卻依然前進的我，在聽到這種聲音之後確信了。

……依照童話，為了點燃貍貓背上的木柴，兔子使用打火石的聲音是「咔嚓咔嚓」，所以那座山叫做「咔嚓咔嚓山」。

記得在另一個版本的童話裡，那座山在點火之後變成「轟轟山」……既然這樣，如果這座咔嚓咔嚓山接下來會改名，想必會叫做「螯螯山」吧。

咔嚓咔嚓。

咔嚓咔嚓。咔嚓咔嚓。
咔嚓咔嚓。咔嚓咔嚓。咔嚓咔嚓。
咔嚓咔嚓。咔嚓咔嚓。咔嚓咔嚓。咔嚓咔嚓。
我知道這是什麼聲音。
不知為何，我知道。
明明不曾面對這種狀況，我卻非常清楚。這是警戒聲。
警戒聲——咔嚓咔嚓。
警告聲——咔嚓咔嚓。
是的。
這是「那個昆蟲」發出的聲音。
「那個昆蟲」恐怕是人類會在山上遭遇的頭號風險。
殺人次數更勝於熊的小蟲。
「虎頭蜂……」
我發出聲音說。
不對，別說發出聲音，我甚至吐不出空氣。臉部肌肉完全抽搐。
好可怕。
緊繃的恐懼完全支配我的身心。

登山相關的書幾乎一定會寫到，虎頭蜂猙獰又凶暴，會主動攻擊進入勢力範圍的人類——以毒針螫。

虎頭蜂的針和蜜蜂不同，可以重複螫。如果因為被螫就當場蹲下，會被群聚的蜂群螫成蜂窩。被蜂螫成蜂窩挺諷刺的。

不過，也不是只要逃跑就好。虎頭蜂群在襲擊之前，會發出警告聲。

咔嚓咔嚓的警告聲。

蜂群發出這種聲音，判斷對方是不是入侵勢力範圍的外敵。據說只要停止不動，也可能運氣好脫離險境。

如果逃跑，當然就會被蜂群追。在這種狀況下，沒有正確的判斷可言。

假設存在著正確的判斷，應該就是絕對不要進入可能有虎頭蜂窩的區域……然而為時已晚。

我犯下大錯了。

從哪裡開始的？

不應該在濃霧裡輕舉妄動嗎？還是說，這種登山計畫到頭來魯莽至極？各種後悔襲擊我的內心。

如同蜂螫。

陣陣刺痛折磨著我。

……這種想像超恐怖。

看不見形體，只能以聲音感覺，所以包圍我的虎頭蜂被我的想像力誇大。雖然不可能是真的，但我以為數千隻虎頭蜂正在鎖定我。

不行。我站不住。

在這種狀況，我不可能靜止不動。但我雙腿發軟，甚至也逃不了。明明面對熊的時候鼓起勇氣要撲過去，卻絲毫不敢對虎頭蜂做同樣的事。

怎麼辦？

好想哭。

不舒服。

頭痛。

發抖。

流汗。

反胃。

窒息。

……逐漸無法持續思考了。我難道罹患了高山症？現在在這裡發作？

精神錯亂的我，做出「循著水聲跳進溪谷」這個結論。即使虎頭蜂群被形容為軍隊，終究也不會追到水中才對。跳進溪谷之後，我能否平安無事已經不重要了。

無論是會溺水，會被沖走，會因為水太冰而心臟病發作，還是會撞到岩石或溪底，我都不在意。

咔嚓咔嚓。

咔嚓咔嚓。咔嚓咔嚓。

咔嚓咔嚓。咔嚓咔嚓。咔嚓咔嚓。

咔嚓咔嚓。咔嚓咔嚓。咔嚓咔嚓。咔嚓咔嚓。

只要不必繼續聽到這種聲音就好。

「聽好。」

此時，某人從正後方緊緊抓住我的肩膀。

對方在濃霧裡從正後方抓住我，所以我看不見這個人。不知道是哪種髮色，也不知道是哪種髮型。

不過，確實有人。

聽到這個聲音，不知為何，我非常放心。

感覺全身突然放鬆力氣。

「聽好。聽清楚。妳認為虎頭蜂會在這種濃霧裡振翅嗎？」

對喔。

聽對方這麼說，就發現確實如此。

熊或山豬沒出現，同樣的，虎頭蜂在這種濃霧裡也無法行動。我不知道昆蟲的視力多好，但是先不管亮度或距離，濃霧當前，眼珠應該皆平等才對。

那麼，這個聲音不是警告聲嗎？

不是虎頭蜂要螫我的聲音，是引誘我赴死的聲音？

是讓我聽到己身軟弱的聲音？

是我對我自己發出的聲音？

「我來帶路。就這麼往前走。」

我正後方的某人如此說完，就這麼抓著我的肩膀，用力推我的背。我失去力氣的身體就這麼任憑使喚，沿著山坡往上走。

還聽得到咔嚓咔嚓的聲音。

不過，聲音愈來愈小。

逐漸消失。

逐漸聽不到。

「就這麼前進。沿著道路前進。」

我只聽到來自正後方的這個聲音。我感覺腦袋放空，什麼都不怕了。

不是因為有人在後面推我。

接下來，我是以自己的意志前進。

沿著道路前進。

即使沒有道路，依然走我自己的路。

016

穿過濃霧，眼前就是逢我瀑布。

雖然有種忽然抵達終點的唐突感，不過第三天即將結束，夕陽逐漸沉入山脈稜線的另一側。即使是這樣的陽光，現在的我也覺得好耀眼。

大概是在某處穿越森林邊界吧，視野變得遼闊，火紅擴展開來的雄偉景色，似乎滲入精疲力盡的身體各處。

在濃霧中支撐著我，在背後推我一把的那個人，我慢半拍轉身尋找，但果然已經不在了。明明得連同所有表姊妹的份一起道謝才對。

「唉……」

現在可不是脫力軟腿癱坐的時候。雖然這裡是終點，不過也可以說如今終於抵達起點。

我不是來登山，是來進行瀑布修行。

逢我瀑布和我隱約想像的瀑布不同，不是那麼巨大的瀑布。若要肆無忌憚地說，我覺得有點掃興。

成就感打了折扣。

順帶一提，我原本想像的瀑布，是如同之前電視特輯報導的尼加拉瀑布那麼大，不過冷靜下來想想就知道，如果我以現在的身體狀態淋那種規模的瀑布，那我不只是死掉，還會死無全屍吧。別說和自己見面，或許還沒辦法以遺體的樣貌和遺族見面。

而且，即使逢我瀑布和想像的不同，從大小來說反而算是小的，不過從高低來說，至少在國內應該算是相當高的瀑布。換句話說，近距離看見的瀑布落差相當可觀。

就我抬頭所見，水流是從目測十五公尺的高度筆直落下。這種高度、水勢與水寬當然都遠遠比不上尼加拉瀑布，不過想到接下來要淋這種瀑布，看來得重新鼓足幹勁才行。

哎，至今的我突破熊群，完成攀岩，撐過飢餓，穿越濃霧，克服虎頭蜂群。到了這個地步，我可不能害怕進行瀑布修行。

雖然也想過今晚就這樣吃完晚餐（水煮野草）好好休息，明天再進行瀑布修行，不過打鐵就趁熱吧。

應該說，即使不提心情上的問題，從實際的問題來看，闖過濃霧的我，從衣服到鞋子的溫度都高到不行，所以想沖涼痛快一下。

進行瀑布修行順便沖涼，從修練的角度來看相當冒失，不過好不容易穿越那股濃霧，我覺得應該獲得這種程度的獎賞。

我以「吃飯前先洗澡」這樣的感覺，從背包取出空手道服。回想起來，先把這套衣服塞到包包底部，總覺得就是害得打包工作變難，無法攜帶必要裝備過來的原因。就算這麼說，上山閉關的時候也不能把道服留在家裡。

既然要淋瀑布，就要穿道服。

我脫下差不多等於已經沖涼過的溼透運動服，換上道服。穿過濃霧抵達的逢我瀑布，幾乎是祕境般的場所，所以不必在意他人的目光。

能夠獨占這幅風景，在這個時間點就很奢侈了。

背包是防水設計，所以內容物平安無事。哎，不過這套道服也很快就會溼透了……我如此心想，繫好黑帶。

然後頭髮也重新綁好，做個伸展操。

剛才，我差點抱著心臟病發作也無妨的心態跳進溪谷，不過進行瀑布修行之前，終究得好好暖身才行。

首先我像是遠眺瀑潭，在比較遠的位置踩水。水溫比我想像的低。

這水溫，該不會是冰點以下吧？

不，如果是冰點以下就結冰了。畢竟是水。

雖然得逆流行走，不過水不是很深，所以只要小心青苔打滑慢慢走，反而可以走得比剛才還穩。雖然應該不會溺死或是心臟病發作猝死，不過這溫度也低到能讓人凍死。

光是位於山頂附近，就已經很冷了嗎？

我想想，記得月火說過……每登高一百公尺，氣溫就會下降約零點六度……水溫也是這樣嗎？

果然還是改到明天早上，不對，改到明天中午比較好吧……我不免這麼想，但如今重來也來不及了，而且明天的天氣也不保證是全國放晴。山上氣候多變，我才剛體驗到不想體驗的程度。

我一邊注意腳底離開溪底，一邊接近瀑潭。我不經意幻想那座瀑布後面有洞窟，裡面藏著寶藏，不過就我接近所見，應該沒這種機關。

瀑布後面只是普通的石頭。

祕傳的捲軸藏在瀑布後面什麼的，師父不是喜歡這種橋段的類型。師父是誠實正直的格鬥家。

我也當個誠實正直的徒弟，灑脫地淋瀑布吧。不過，接近到和瀑布只差數公尺的距離時，內心也開始冒出「咦，真的要做這種事？」的質疑。

冒出水就算了，冒出質疑不是好事。

回想起來，我說「和尼加拉瀑布比起來令我掃興」這種話很失禮，在這個距離看見的瀑布魄力驚人。光是濺到飛散的水花，就痛到可以說像是被重毆。

不是水刀，是水槌的感覺。

淋在我這種疲憊至極的身體，應該足以輕鬆打碎吧？

沒錯，如果是現在這種狀態的我……不對。

錯了。這就錯了，阿良良木火憐。

全身肌肉痠痛，雙腳滿是破皮，膝蓋頻頻打顫，手臂抽搐作痛，體力也幾乎用盡。即使塞再多野草，飢餓的肚子也從來沒填飽，營養絕對缺乏，即使沒罹患高山症，現在也很難說自己能夠好好思考。換句話說——

「……換句話說，是最佳狀態。」

哎，不管了！

我連水深都沒確認，就這麼踩進瀑潭，一頭衝進無止盡猛烈往下沖的水流。

任何激流都沖不熄我的火焰！

017

「忍，歡迎回來。平安接送小憐辛苦了。拿去，說好的甜甜圈。」

「嚼嚼嚼……」

「呵，受不了，小憐也真令人傷腦筋。我沒跟著就什麼都做不了。」

「這可未必喔。」

「咦？」

「吾說，這可未必。不，實際上是吾躲進影子跟汝之妹妹走，但吾不是這個意思。如果吾沒跟著走，那個巨大姑娘或許會更順利走完那條山路。」

「咦？咦咦？忍，這是怎麼回事？」

「和汝這位吾主不同，那個姑娘只是普通人類，卻拖著躲在影子裡之吾一起走，體力消耗肯定非同小可，和背著啞鈴登山沒什麼兩樣。」

「那……那麼，意思是妳別說拉著她走，還扯她的後腿？」

「嚴格來說，是汝扯妹妹之後腿。」

「那妳要跟我說啊！這樣我不就差點殺掉妹妹了？」

「吾現在不就說了嗎？收到甜甜圈之後不就說了？都是因為汝堅持事後履行承諾才會變得如此。好好反省吧。」

「居然……不過，真正危急的時候，妳還是幫了忙。金髮表姊妹軍團……啊啊，那件事尤其幫了大忙。在伸手不見五指的濃霧裡，妳推她一把的那件事。她說因為這樣，一直插在心中的某根刺終於拔除。不過或許不是刺，而是針吧。」

「嗯？汝在說何事，吾不知道這種事啊？」

「什麼？」

「吾最後一次協助那個姑娘，是幫她找野草那次。她在濃霧裡穿越時，吾沒提供助力。」

「在……在濃霧裡穿越……？」

「該注意之處並非此處吧？」

「既……既然這樣，在那傢伙身後推她一把的是誰？」

「天曉得。所以吾不是說過嗎？要習慣一個人獨處是相當困難之事。孤獨時尤其如此。」

「…………」

「說不定，要是她在霧裡回頭，在她身後之人物出乎意料是她自己喔。會遇見鬼，會遇見自己，所以名為『逢我瀑布』。總之亦即是說，自己之存在方式並非只有一種。」

「就像妳也有各種不同的自己……嗎？」

「如同汝亦有各種不同之汝。對吧？哎，光是和自己見面，終究只不過是一個起頭。今後得永遠和各種不同之自己打交道才行。喀喀！」

第零話　翼・沉眠

HANEKAWA TSUBASA

001

為了拯救同班同學阿良良木曆，那時候的我竭盡所能，不過真正辛苦的並不是長期走遍世界各地找人的這件事。

不，查出「那個人」的下落當然絕非易事，不過想到這都是為了阿良良木，我就不曾氣餒。坦白說，與其說是單純為了阿良良木，應該還包括和忍野扇這個學妹的競爭心態，但是總之不提這個。

總之，我抵達了。

到了。

煞費苦心到最後，我終於找到忍野先生了。妖怪變化的泰斗，怪異現象的專家——忍野咩咩。

當時我一時粗心，覺得自己就此達成目的，不過接下來才是正題。抵達之後才是重頭戲。

因為我的旅程，並不是在找到忍野先生之後劃上句點。必須帶他回日本，進一步來說必須讓他拯救阿良良木，才是我此行的主題與主旨。

然而無須多說。

「我不救。班長妹，人只能自己救自己喔。」

這是忍野先生一貫不變的主義，即使面對千里迢迢前來拜訪的我，他也以一貫不變的態度堅持這個主義。

以堅定的態度，貫徹這個主義。

「哈哈！班長妹想救阿良良木老弟當然隨便妳，但是沒道義配合。很感謝妳告知親愛的阿良良木老弟近況如何，但如果妳想從這種狀況拯救阿良良木老弟，那麼阿良良木老弟當然應該自力救濟。」

「自力……可是……」

事情發展得超乎預料，我不禁慌張。

不過，仔細想想，無論在春假還是黃金週，這個人也一貫堅持這個原則。應該不是無情無義，但基本上不會為了情義而行動。

與其說冷漠，不如說嚴厲。

與其說是嚴以待人，不如說嚴以律己。

我想，他應該是重視專家為情義行動得背負的風險吧。他在這方面（先不說當事人們是否願意承認，應該說他們基本上不會承認）和貝木先生有共通之處。

聽說這部分和影縫小姐恰恰相反，大概並非專家總管臥煙小姐的教誨吧。

既然是這種結果，要是這二分之一的機率抽到影縫小姐應該比較好……我垂頭喪氣心想。

不，這是我的錯。

完全是我的錯。

只要告知阿良良木的近況——告知他完全和忍野扇搭檔，手牽手意氣相投的這個危險現狀，忍野先生肯定會立刻行動……擅自如此認定的我太厚臉皮了。

臉皮和自己畫的大餅一樣厚。

不只是繞世界一圈，這趟旅程甚至走遍全世界，終於找到忍野先生的自己，不可能不得到回報……我不小心如此認定了。對於忍野先生來說，我累計至今的辛勞與努力明明毫無意義。

「阿良良木老弟只能自己救自己。到頭來，阿良良木老弟是否希望有人拯救他，我都感到疑問。感覺他甚至希望自罰。」

「自罰……」

「我不會說這是自滅。不過，真要說的話很像他的作風。也可以說這麼做才像是阿良良木老弟，感覺他就是要這樣才對。拯救這樣的他，我實在不認為是為了他好。不過，班長妹，妳累計至今的辛勞與努力並非毫無意義。」

忍野先生繼續說。

「我是專家，具體來說，業務內容是蒐集怪異奇譚。妳可能不知道，我就是為此而浪跡各地，也可以說是為了聽人敘事而旅行。所以班長妹，可以說給我聽嗎？妳在找到我之前，究竟歷經什麼樣的旅程？」

「…………」

「演出惡夢般黃金週的不是別人，正是妳，這樣的妳肯定不會歷經普通的旅程。光是抵達這裡就是一項偉業，但也正因如此體驗過恐怕無法說明的神奇事件吧？如果是這種事蹟，就可能成為我工作的代價，成為我的蒐集對象。或許也可以成為難搞的我願意拯救阿良良木老弟的藉口。」

……所以，我開始述說。

為了拯救阿良良木。為了對抗小扇。

為了找到忍野先生。為了帶回忍野先生。

我說出自己經歷什麼樣的旅程。

踏過什麼樣的土地，度過什麼樣的海洋。

這是尋找忍野先生之旅，也是尋找我自己之旅，或許也是用來忘記阿良良木之旅。

002

那是被幽禁在德國某座古堡時的事。

（幽禁在德國古堡？等等，班長妹，妳突然說這什麼話？）

（請靜靜聽我說。要是您這時候無法接受這一點，我就說不下去。）

經過老倉同學的那個事件，我首度飛到海外，沒多久就發生這件事。回想起來，當時在日本，千石小妹在同一時間被蛇纏身，想到這裡就覺得我離開日本的這個判斷有點草率。

我不認為是過度反應就是了。

不過，小扇肯定趁著我不在的時候四處搞鬼。與其說她搞鬼，說她猖獗跋扈或許比較正確。

（哎呀，班長妹，妳對那個叫做小扇的人這麼嚴格啊。先不提原委，難得看妳像這樣說別人壞話。）

（在那之後，我也發生了各種事。）

（這樣啊。妳頭髮變成黑白相間像是白虎的顏色，也和這件事有關？）

（這部分晚點再說明。因為我現在要說的完全是另一件事。）

不過，如果我就那麼留在日本，我還是不認為能夠保護阿良良木。

小扇的存在，應該說小扇的非存在，如果沒有徹底顛覆，狀況應該不會產生變化。為此只能找出行蹤不明的忍野先生。我是這麼確信的。

確信……不，其實我沒這種確信。

當時的我，對於自己的行動充滿不安，做任何事都無依無靠。如果是以前，我應該早就把這份不安塞給另一個我，但我再也無法這麼做了。

不必這麼做了。

另一個我。或許應該說另一隻我。

即使如此，我還是下定決心這麼行動，因為我想對阿良良木報恩。

他說我是他的恩人，不過對我來說，他才是我的恩人。為了回報這份恩情，我無論如何都必須帶忍野先生回日本。

（無論如何啊……總之，如果妳說的內容符合工作的代價，我當然會和妳一起回去。）

（我知道。所以，請您不要打岔。）

（喔喔，恐怖恐怖。別這麼生氣啦，班長妹。瞧妳精神真好，是不是發生什麼好事啊？）

到頭來，我之所以造訪德國，是因為獲得情報。有專家從日本前往德國工作的情報。

我沒有根據能斷定這個專家是忍野先生，而且從情報出處來看就有點可疑，不過既然沒有其他情報可以依賴，即使會撲空，我也不能不確認。

（哈哈！然後，妳真的撲了個空。我沒去過德國耶。應該說，大部分的國家我都沒去過。）

（嗯，我知道。像這樣實際找到您，我就體認到自己像是無頭蒼蠅張皇失措到什麼程度。）

（別沮喪喔，因為妳這趟白跑並不是白費力氣。不過前提是妳這段經歷值得成為工作的代價。）

（我繼續說喔。）

我被幽禁在古堡的地牢。

地板、牆壁與天花板都是石砌的。

牢房的柵欄是鐵製，試著搖晃也動都不動。牢門的鎖是原始的門閂鎖，實在不像是以密碼開啟的構造。

再怎麼絞盡腦汁，都不是能夠自力逃獄的牢房。我完全被監禁了。

「…………」

不，堅固程度不用說，這時候還有個更切身的問題。約四坪大的這間牢房，沒有浴室或廁所之類的設備。

我當然不是要求這種監禁用的房間多麼禮遇或舒適。不只如此，請各位注意鐵柵欄連送食物進來的縫隙都沒有。

當然也沒有床。沒有被子。

總歸來說，這間牢房完全沒有「人類生活用的設備」。這意味著什麼？

雖然不願思考，卻也無須思考。

也就是說，「他們」不打算將我長期監禁在這裡。

（「他們」？「他們」是誰？）

（「海維斯特」與「洛萊茲」，這兩人稍後會登場。不過在這之前……）

我剛才說，他們不打算將「我」長期監禁在這裡。

不過，牢房裡不是只有我。

「少女啊，如果妳在想逃獄的方法，那妳最好放棄。沒用的。」

同房的他對我說。大概是檢查牢房每個角落的我，終於令他看不下去吧。

「像這樣被抓的時間點，我們就已經完了。再來只會被那兩人恣意擺布。」

我這麼回應。

「……您真灑脫耶。」

實際上，靠在牢房牆邊，豎起單腳而坐的他，甚至給人一種高尚感。相較之下，我看起來就像是因為被關在狹小的房間而完全失去自我，驚慌失措吧。

只是就算這麼說，我也實在無法像他那樣，安分坐著等待終將來臨的末日。可不能這麼做。

我還有沒達成的目的，而且……如果是以前的我還很難說，但現在的我實在不想乖乖聽他的建議。

「記得您和阿良良木交戰的時候，也像這樣灑脫放棄對吧？德拉曼茲路基先生。」

「……………」

我忍不住說出有點挖苦的話語，他——收拾吸血鬼的專家德拉曼茲路基先生笑也不笑，點頭回應「說得也是」。

003

（德拉曼茲路基？哎呀哎呀，這可不得了，居然冒出這麼懷念的名字。記得是將姬絲秀忒・雅賽蘿拉莉昂・刃下心逼到鬼門關前的三個專家之一？）

（是的，忍野先生。是您在春假受阿良良木之託交涉的對象之一。）

（呼呼，原來如此。既然這樣，班長妹在生理上出現抗拒反應，也可以說理所當然吧？因為他是曾經將阿良良木老弟逼入絕境的一人。只不過，對於和我同行的他來說，這是他的工作。）

（嗯，一點都沒錯。我也知道沒道理冒出責備他的心態。雖然知道……）

（哈哈！班長妹，看來妳也明顯變得像是普通人了，我認為這樣比較好喔。換句話說，從日本前往德國的專家是德拉曼茲路基吧？）

（就是這麼回事。）

看來我那時掌握到的情報有致命的錯誤，我在當地像是無頭蒼蠅到處找，最後找到的是彷彿高到頂天的外國人。身高確實超過兩公尺，渾身肌肉的壯漢。

而且，我對這樣的他有印象。

暑假，我在直江津高中的操場，目擊阿良良木和他交戰的光景。

回想起來，那應該是我第一次看見阿良良木以「吸血鬼」身分勇敢戰鬥的場面。

那也是我第一次接觸到所謂的「怪異現象」。

一切由此開始。

所以我記得很清楚。

當時為了「除掉」阿良良木，毫不留情揮動兩把焰形巨劍的德拉曼茲路基，和阿良良木殺個你死我活。消滅吸血鬼的這個專家，我記得很清楚。

（哎，嚴格來說，當時的德拉曼茲路基，並不是要殺掉被姬絲秀忒・雅賽蘿拉莉昂・刃下心吸血而化為吸血鬼的阿良良木老弟。因為依照我和他交涉定下的規矩，殺掉阿良良木老弟算是犯規。）

（是這樣沒錯。不過，當時的我不知道這件事。）

（哈哈！「妳不是無所不知」是吧？）

（一點都沒錯……只是剛好知道而已。而且，說到不知道，雖然理所當然，但德拉曼茲路基先生不知道我是誰。因為和另外兩人不同，我和德拉曼茲路基先生沒有直接的交集。）

所以，我認錯人找上門的時候，德拉曼茲路基先生以相當疑惑的眼神看我。不過，並不是因為一個素昧平生的孩子來找他。

是因為這時候的他正在工作。

（正在工作……從德拉曼茲路基的工作來看，換句話說……）

（嗯，是的。是消滅吸血鬼。所以那個人在德國，而且正在潛入調查。）

這方面的情報，看來也是在某個環節不小心傳錯了。我內心可以理解，但在另一方面也覺得既然這樣，這個情報完全是空穴來風還比較好。

尋找忍野先生到最後，找到的卻是德拉曼茲路基先生……明明在找拯救阿良良木的專家，卻找到消滅阿良良木的專家。

陰錯陽差也要有個限度。

總之，依照臥煙伊豆湖小姐或艾比所特的說法，阿良良木與前姬絲秀忒・雅賽蘿拉莉昂・刃下心——也就是小忍，現在已經被認定無害，所以不必擔心他們再度開打才對……

（很難說。如果阿良良木老弟的困境正如班長妹所說，那麼這份無害認定究竟能撐多久就沒人說得準。）

（既然您這麼認為，就請和我一起回日本吧。要講等到回國再講也可以吧？我連夜沒睡，好睏。）

（別這麼說，就當成是床邊故事的相反版本，總之先說後續給我聽吧。雖說找錯人，但妳總之還是找到德拉曼茲路基，那妳為什麼會被幽禁在古堡？）

（嗯，這是因為……）

「日本人……唔，不對，我對這套衣服的設計有印象。少女啊，妳該不會是忍下心那個眷屬的朋友吧？」

或許應該說不愧是專家。

德拉曼茲路基先生瞪著我一陣子之後看透了。

（等一下，班長妹。妳該不會就這麼穿著直江津高中的制服去德國吧？）

（嗯？是啊？現在這件大衣底下也是制服……怎麼了嗎？）

（沒事……我想，這應該不是德拉曼茲路基身為專家觀察入微的關係……總之，先不管這個，我繼續聽吧。班長妹，他問妳是不是阿良良木老弟的朋友，妳怎麼回答的？）

我當然回答是朋友。

因為是朋友。

「這樣啊。」

德拉曼茲路基先生說完微微點頭。

他的言行過於粗獷，很難從動作解讀情感。他對於阿良良木是怎麼想的？對於當時沒能消滅阿良良木曆這個「吸血鬼」是怎麼想的？雖然想盡量試探答案，但是現在的我似乎沒這個能耐。

失去這個能耐。

如果他沒有反過來記恨阿良良木，就是再好也不過。現狀已經很複雜，我希望避免更多人介入。

（哎，因為德拉曼茲路基是工作至上的專家，關於阿良良木老弟與小忍……沒能成功獵殺刃下心，至少他表面上沒放在心上吧？）

（是的……他說失敗也是工作的一部分，所以放下了。）

（嗯嗯。相較於以私情或使命行動的另外兩人，德拉曼茲路基還算是容易交涉的對象。）

沒錯。所以，當我知道找錯人的那時候，如果乖乖撤退就好了。這麼一來，就不會在那之後被幽禁在古堡地牢。

不過，我犯下了以往無法想像的過錯。可以的話，我不想白費至今使用的旅費、天數與勞力。

沒能設下停損點。

我不禁心想，這次見到德拉曼茲路基先生，必須有點收穫，否則就虧大了。我認為肯定能從他身上獲得某些東西。因為即使不是忍野先生，他也是專家。

不，無論他是否記恨阿良良木，我當然也沒傻到向消滅吸血鬼的專家德拉曼茲路基先生，詢問如何從小扇手中保護阿良良木。

以前的我或許敢問，不過雖說是工作，但德拉曼茲路基先生曾經要消滅阿良良木，我無法率直向這樣的他求救。這時候的我缺乏這種精神上的強韌。也可以說我終於獲得這種缺陷了。

總之，我想從德拉曼茲路基先生那裡打聽線索，尋找忍野先生。

雖然應該不屬於臥煙伊豆湖小姐領導的團隊，不過聽阿良良木說，德拉曼茲路基先生肯定也是某個組織的一分子，那麼他肯定也加入某個頗有規模的人際網路。

既然有人際網路，就有情報網。

他在春假和忍野先生有交集，這樣的他即使掌握忍野先生的動向也不奇怪。

明明只是找錯人，卻想從中獲得新的線索，我的如意算盤也打得太響了。

（但我不這麼認為。這不是如意算盤，是一等一的合理想法。實際上，妳就是從德拉曼茲路基那裡得到線索，現在才位於這裡吧？）

（總之，只看結論的話是這樣沒錯，但我還是繞了一大段路，感覺老是被怪異相關的情報牽著鼻子走。我太大意了。總之，這部分就另外找時間說……）

看來，德拉曼茲路基先生果然知道忍野先生的事。不，正確來說，不是德拉曼茲路基先生知道，他簡短對我說，只要詢問他所屬的組織，應該不會完全沒有情報。

也就是這個業界不算大。

「要告訴妳也可以，不過……」

德拉曼茲路基先生說。

他說得很敷衍，感覺不是基於親切心態對異國旅行者說話，而是想趕快趕走這個在工作時跑來礙事的傢伙。

我當時失去指針，所以無論如何，只要他肯給我下一個指針，理由是什麼都沒關係。

「很抱歉，我正在潛入搜查，不能和組織聯繫。」

不過，他這麼說。

「如果妳要等我任務結束，就找個地方喝啤酒吃香腸等吧……啊啊，妳這年齡不能喝啤酒嗎？」

我不能喝啤酒，也不能等。

我沒有時間。

現狀分秒必爭。

因為在我們對話的這時候，我也不曉得現在在日本，阿良良木因為和忍野扇共同行動而遭遇什麼事件。

（實際上，阿良良木老弟遭遇什麼事件？）

（被千石小妹殺了。一直殺一直殺。一直殺一直殺一直殺一直殺。）

（哈哈！確實不是拖拖拉拉的時候耶。）

即使如此，我還是姑且詢問。

「距離任務結束，大概還要多久？」

「放心，不會太久。再久也是五年，應該三年內可以解決。」

這可不能等。

我的青春時代會結束。

阿良良木應該會這樣吐槽，來一段有趣的拌嘴，不過實際上，他應該是說正經的。從高中生的角度來看，他的耐心令人難以置信，不過從「工作」的角度來看，三年或五年絕對不算長。

要消滅小忍前身——姬絲秀忒・雅賽蘿拉莉昂・刃下心的那時候，吸血鬼獵人們肯定也花費相當長的年月。

……短短兩週就將計畫搞砸的阿良良木，果然比他自己認為的更不平凡。

（話說回來，班長妹，妳和德拉曼茲路基是用哪種語言對話？）

（他好像也聽得懂日語，不過他原則上會使用工作地點的語言……所以我是用生硬的德語和他對話。）

（就算生硬，光是能講就很了不起喔，嚇死人了。所以，後來怎麼了？就算等不及德拉曼茲路基完成工作，妳也不能逼他吧？）

（是的。我當然也不能妨礙他工作，所以我想反其道而行。）

（反其道而行？）

（也就是說，不是妨礙他的工作，我決定協助他的工作。）

但我不知道這麼做是否正確。

004

「『海維斯特』與『洛萊茲』。」

我一坐到桌前，德拉曼茲路基就以平淡語氣這麼說。

「他們是現在在這個地區鬧得雞飛狗跳的兩隻吸血鬼。並非誰是誰的眷屬，是稀奇的雙胞胎吸血鬼。」

「雙胞胎吸血鬼……很稀奇嗎？」

畢竟吸血鬼本身就很稀奇，所以我難以判斷。

德拉曼茲路基先生一臉不悅地忽視我這個問題。看來他雖然接受我的協助，卻不想和我建立良好關係。

（雙胞胎吸血鬼很稀奇喔。）

（啊，果然是這樣。）

（就某方面來說算是「貴重種」吧。就我推測，他們春假追殺的姬絲秀忒・雅賽蘿拉莉昂・刃下心也是「貴重種」。看來德拉曼茲路基是經常受命消滅這種特異吸血鬼的專家。）

（「特異」是嗎……）

（也可以說棘手的任務都塞給他。他好像是能把工作只當成工作來做的老實人，所以容易吸引這種麻煩任務接近。就像班長妹會吸引阿良良木老弟這種男人接近。）

（請不要用這種說法……而且被吸引接近的是我。）

（不過班長妹，妳雖然有吸血鬼相關的知識，但基本上是外行人，專業意識這麼強烈的德拉曼茲路基居然這麼乾脆接受妳的協助，總覺得事情進展挺讓我意外的。）

（不，並不是乾脆接受……如同我在打如意算盤，德拉曼茲路基先生好像也在打他自己的如意算盤。）

（如意算盤？是喔？我很好奇。繼續說吧？）

德拉曼茲路基先生無視於我的問題說下去。

「雖說在這個地區鬧得雞飛狗跳，卻不是突然出現的威脅。『海維斯特』與『洛萊茲』的吸血鬼活動，是最近才活化到不容忽視。活化到不容我們這些消滅吸血鬼的專家忽視。」

「……換句話說，『無害認定』解除了？」

「以這對雙胞胎的狀況，到頭來根本沒進行這種認定。現在的刃下心以及刃下心眷屬獲得的認定，終究是例外的處置。」

從德拉曼茲路基先生的嚴肅表情，我還是無法解讀任何情感，不過關於這件事，他看來有點不是滋味。即使沒有記恨，也透露出情非得已的感覺。

（哎，我想也是。當時是我拜託臥煙學姊，硬是讓這項認定闖關成功。只不過，也有人輕易就無視於這個無害認定。）

（？）

（不，這是我這個圈子裡的事，別在意。）

「真要說的話，是在保護觀察期間。妳或許誤會了，我們組織沒有標榜『吸血鬼要悉數消滅』這種觀念。艾比所特或奇洛金卡達的觀念或許不一樣，但至少我們沒要讓吸血鬼滅絕，只是認為必須調整數量與性質，以免造成威脅。」

「…………」

總覺得像是野生動物的管理或環境保護，發人省思。該說很符合現實嗎？

不，或許不是符合現實，而是符合現代。至於雙胞胎吸血鬼「海維斯特」與「洛萊茲」，說穿了就是脫離了這項基準。

「以你們日本人熟悉的說法，即使是再怎麼必須保護的肉食動物，一旦記住人類的味道就必須處理……和這個道理相同吧？」

「嗯……我很熟悉這種說法。」

這個問題很敏感，我很難貿然同意，不過這個比喻很好懂。高大的德拉曼茲路基先生只要板起臉，即使除去他和阿良良木的摩擦，也讓我覺得很難相處，不過對於主動願意協助的我，他姑且也想和我拉近距離的樣子。

是否成功拉近距離就另當別論。

（別這麼計較。以德拉曼茲路基的立場，要是和協助者走得太近，有必要的時候就難以割捨，這是他的苦衷喔。）

（或許吧，不過這樣完全不能不計較吧？因為這不就表示他已經盤算什麼時候要割捨我嗎？）

「具體來說，雙胞胎吸血鬼究竟做了什麼？」

無論這麼想，這個問題只會得到恐怖的回答，但我不能不問清楚就協助他。

我已經認識阿良良木與他的搭檔小忍，基於這個立場，我已經不能只以「因為是吸血鬼」這個理由，就肯定「消滅吸血鬼」這種行為。

不是善惡或得失的問題。

（忍野先生，您也認為「怪異並不是全部消滅就好」吧？）

（嗯，哎，說得也是。不過像是影縫妹的想法就差很多。）

（這樣啊……咦，請等一下。忍野先生，您稱呼影縫小姐是「影縫妹」？）

我不確定德拉曼茲路基先生顧慮我的立場到何種程度，不過大概認為至少得將這部分說清楚，否則無法期待我和他建立良好的合作關係吧，所以他完整說明「海維斯特」與「洛萊茲」最近為人所知的惡行。

（期待建立良好的合作關係？我認為德拉曼茲路基根本不會對突然出現的陌生女生期待這種東西……從他的角度來看，應該是覺得只要能利用，即使是初次見面的女生也要利用吧？）

（當然是這樣沒錯，不過即使要利用初次見面的女生，公開情報也是不可或缺的。請聽我說。）

（是。）

聽他說明，就覺得簡直是都市傳說。不過既然和吸血鬼有關，聽起來像是靈異事件也堪稱理所當然吧。

他說，接連發生旅行者失蹤的案件。

來德國觀光的青少年旅行者失蹤，而且頻繁到無法以偶發來解釋。

包括沒成案的事件，實際受害人數或許更多。失蹤的是旅行者，說穿了都是外地人，所以現階段還只驚動當地媒體，但是如果進行統計，不難想像將會震驚世間，還可能演變成國際問題。

「旅行者失蹤的狀況，各自發生在不同的時間與地點，警方目前好像也不認為是同一人犯案……不過，對於隨時嚴加監視『海維斯特』與『洛萊茲』的我們來說，事件的真相不證自明。」

那兩個傢伙終於放縱自我了。

德拉曼茲路基沉重地說。

「失蹤的旅行者們，想必都被他們兩個抓到不知道位於何處的巢穴。所有人恐怕都無望生還。」

「…………」

是的。

吸血鬼不會毫無目的的抓走人類，也無法想像這是綁票索取贖金的犯罪。

對於吸血鬼來說，人類不是這種對象。那麼，人類是哪種對象？答案是單純至極，基於食物鏈的恐怖結論。

也就是──食物。

食用對象。

吸血鬼吸人類的血，吃人類的肉。

啃食骨頭，舔食腦漿。

（哈哈，班長妹，瞧妳說得這麼抗拒。）

（是沒錯啦……因為這種事很難接受。）

（不過，妳早就知道吧？對於吸血鬼來說，這是補充營養的手段，是生殖行為。不這麼做就無法生存，無法活下去。也可以說是一種儀式吧。）

（嗯，這是當然的，如同在山上迷路的人類會被熊視為食物，兩者在本質上沒什麼兩樣。只不過……）

（只不過？）

（沒事，這部分也晚點再說。）

（這樣啊。聽起來暗藏玄機耶。不過，比起阿良良木老弟的敘事方式，妳敘事的時候不會離題鬼扯聊開，所以聽起來順多了。）

（阿良良木和德拉曼茲路基先生對話的時候，終究也不會聊開吧……我不確定就是了。）

（那麼，請繼續。）

「他們完全跨越吸血鬼的紅線。即使不吃就會死，再怎麼說也吃太多了。」

德拉曼茲路基先生平淡地說。

不知道是壓抑情緒，還是從一開始就對這方面的「糧食問題」無感。

「既然對象僅限於旅行者，感覺得到他們姑且還是會顧慮犯行曝光……但這種滅證行為當然早就出現破綻。從這種不如別做的滅證手法，可見他們只想得到這種程度的點子。趁著繼續犯罪之前處理掉，可以說是為了這對雙胞胎著想。」

「為了這對雙胞胎著想……是嗎？」

即使是工作，他或許還是得用這種說法為自己的心情解套，不過這依然是一種偽善吧？我反射性地冒出這個想法，而且可能顯露在臉上。

接著，德拉曼茲路基先生這麼說。

「至少，我處理這對雙胞胎，並不是為了人類著想。」

005

（糧食問題啊……這麼說來，我最近吃魚的機會很多。）

（既然待在這種地方……想必很多吧。）

（不管在哪裡，只要久居則安喔。比起城市，我可能更適合住在這種地方。不過，每次吃魚看到魚頭我就在想，這表情果然怎麼看都是屍體。）

（請不要這麼詳細觀察魚的表情……是沒錯啦，「死魚眼」這個形容方式也很常用。）

（人類靠著吃其他生物維生……最能讓人感受到這個道理的，或許就是魚。這段真的是閒聊。不過，我看出端倪了。）

（您看出來了嗎？）

（沒錯。德拉曼茲路基是專家，為什麼會接受初次見面的女生協助？我一直覺得不可思議，原來有這種隱情。他的手段也挺殘酷的。只不過，大致猜到是這種結果卻自投羅網的班長妹也真不是蓋的。）

（…………）

年輕旅行者被抓走。

下落不明，再也沒回來。

街談巷說。道聽途說。都市傳說。

既然凶手是吸血鬼，這些案件當成怪異奇譚做結好像有點完美過頭，但如果有這種隱情，我就是最佳人選。

因為我年輕，又是旅行者。

若要找誘餌，我就像是量身打造般完全符合。

「真的是名副其實的誘餌。引誘雙胞胎吸血鬼的餌。」

德拉曼茲路基嚴肅地說。

「妳被『海維斯特』與『洛萊茲』抓走之後，我再循線找出他們的根據地。我們不是執法機構，不必特別找什麼證據，但是目前的嫌疑只不過是臆測。雙胞胎清白的可能性並不是零。」

所以才需要目擊犯行現場，或者是查出根據地，找到被抓的旅行者們。

「不可能找到旅行者們。如果是食慾失控的吸血鬼，人類別說一根骨頭，連一小塊皮都不會留下。」

「…………」

「連一根頭髮或一片指甲都不留。不過，只要查出他們現在的根據地，應該可以取得某些證據吧。所以妳必須被他們抓走。」

不保證妳會安全。

我可能會來不及救妳。

妳可能會被吃掉而沒命。

就算這樣也想協助嗎？

他這麼問與其說是確認意願，更像是避免事後上法庭的告知，但我想都不想就回答。

「是的。如果這麼做就能知道忍野先生在哪裡，我會協助。」

「……話姑且說在前面，以我的權限只能保證幫妳詢問組織，無法保證更多事──無法保證任何事。組織不一定有那個夏威夷衫男性的最新情報，就算有也不一定會透露。現在的我在組織的戰士之中算是嘍囉，能取得的情報有限。」

「這樣就好。請多多指教。」

昔日，從怪異之王，鐵血、熱血、冷血的吸血鬼──姬絲秀忒・雅賽蘿拉莉昂・刃下心那裡獲得「攜帶口糧」這個封號的我，卻在時光流逝之後的另一個國家，再度背負起成為食物的使命。

006

總之，實際上，我不知道能從德拉曼茲路基先生那裡獲得多少關於忍野先生的情報，就算獲得情報也不知道是否可信，所以對於當時的我來說，這是相當不利的賭博。不過仔細想想，德拉曼茲路基先生或許也一樣。

即使我是年輕旅行者，是最適合利用為誘餌（不是假餌，是真餌）的對象，不過以專家的立場，如果有其他手段，肯定不想讓初識又外行的女生參與工作。

不是倫理或道德問題，是不確定的要素太多。極端來說，甚至無法保證我是雙胞胎吸血鬼「海維斯特」與「洛萊茲」那邊的人。

不知道是否能信任，不知道是否能信賴。

比怪異奇譚還奇怪。

即使如此，他還是接受我提出的協助，接受我提出的交易，大概是因為他判斷別無他法吧。

若要在被害程度擴大之前（以他自己的說法是「為了這對雙胞胎著想」）解決這個事件，利用多少具備怪異知識的我，一起查出雙胞胎的根據地，即使不是最好的方法，也絕對不是愚笨的方法。他是這麼判斷的。

但如果是小扇，對於我們的這種想法，真要說的話應該會帶著淺淺的笑容，帶著昏暗的笑容評定「很愚蠢」吧。

（說來遺憾，從結果看來，被她這麼說也在所難免吧。因為我和德拉曼茲路基都被幽禁在古堡了。）

（先不提為什麼變成這樣，不過「海維斯特」與「洛萊茲」是隨時監控的對象吧？可是卻得使用誘餌作戰才查得到根據地的位置？聽起來挺脫線的。）

（這部分我也抱持些許疑問，不過實際被抓就知道了。根據地本身就像是怪異。「海維斯特」與「洛萊茲」當成根據地的古堡……也就是城塞都市，是一座不存在的城市。）

（不存在的城市……事情的規模變得有點大了。原來如此原來如此，難怪再怎麼找都找不到失蹤的旅行者們。）

（而且也找不到根據地。雖然類型不同，不過這就是所謂的結界嗎？）

（既然統治一座城塞都市，應該是地位很高的吸血鬼吧。雖然用「海維斯特」與「洛萊茲」這種聽起來很隨便的名字束縛，但確實可以理解組織為何想保留處理。不過其實不是想保留，而是想保存吧。）

（就像是昔日想對小忍做的那樣……是嗎？）

（哈哈，如果是全盛期的小忍，別說都市，即使是國家應該也能統治給我們看吧。總之，那個根據地只在雙胞胎吸血鬼抓人回去的時候出現嗎……知道了。難怪德拉曼茲路基這樣的專家束手無策，除非使用誘餌。）

（忍野先生有其他的手段嗎？）

（我基本上是協調人，所以在這種場合，我的工作會是介入——闖入德拉曼茲路基與雙胞胎吸血鬼之間吧。和班長妹的立場相同。不過我不像妳擁有英雄氣概，願意由自己成為誘餌。）

（……我擁有英雄氣概嗎？）

（任何人怎麼看都有喔。只不過，比起春假那時候，妳即使會犧牲自己，卻也不是單方面的奉獻，所以我欣賞妳。因為妳確實擁有私心，會試著獲得自己想要的東西。）

確實。

雖說是不利的賭博，卻看得見勝算，正因如此，我才決定參與。絕對不是無視於成本效益的魯莽行為。

想到現在阿良良木所處的危險狀況，我這麼做頂多是在安全圈的範圍內。

（我認為絕對不是那麼回事就是了。不過，每個人重視的東西都不一樣。）

（是的。德拉曼茲路基先生想必也是如此吧。）

不過，我和德拉曼茲路基先生都不能說在這場賭博獲勝。最後兩人都一起進大牢，所以沒什麼好說的。

只能說早知如此何必當初。

竟然因為賭博而自滅。

或許不該貿然計算之後就按照機率行動。雖然不能一概而論，不過在賭博的時候，乾脆像阿良良木那樣不管三七二十一放手一搏，或許比較容易大勝吧。

雖然這麼說，但是德拉曼茲路基先生不是賭徒，是專家，這次的誘餌作戰是依照戰略擬定的。

姑且為他身為專家的名譽講幾句話，這個作戰計畫並非完全失敗，反倒是直到中途都徹底執行。

（直到中途嗎……換句話說就是不上不下？）

（忍野先生，您講話真不留情面……）

不過，這也是真實的一面。

因為如果計畫完全失敗，至少我和德拉曼茲路基先生不會被關在無法脫困的地牢。由此看來，戰略行動這種東西，完全失敗還比較容易在事後重新來過。就像是比起全毀，半毀的住宅反而更難處理。

哎，自家曾經全毀的我這麼說，應該具備相當的說服力吧。

依序說明吧，我當誘餌的這個作戰本身漂亮成功。雖然形容為「順利」很奇怪，不過我這個年輕旅行者，以日本觀光客的身分確實被抓了。

在遠離人煙的漆黑夜路，我毫無警戒地行走時，遭遇了他們——「海維斯特」與「洛萊茲」。

遭遇兩隻吸血鬼。

雙胞胎吸血鬼。

（哈哈，如果是阿良良木老弟，應該會說「毫無警戒地輕快行走時」吧。）（註3）

（不，我不是輕快行走喔。還滿緊張的。不可能踩著小跳步，是相當躡手躡腳地走。）

這時候真的得說，我不是阿良良木。

嚴格來說，也不是「遭遇」。是被前後夾擊。

不經意感覺身後有某種氣息，轉身一看，是身上禮服宛如融入黑暗般漆黑的金髮女孩。

那頭金髮令我立刻聯想到小忍，但即使她不是金髮，我也已經直覺認為她非比尋常吧。

眼睛是紅色的。

或許可以形容為「紅得像是充血」。

註3　日文「警戒」與「輕快」音同。

（如果是阿良良木老弟，大概會形容為「紅得像是千葉縣」。）（註4）
（阿良良木也不會這麼說。千葉縣不會給人紅色的印象吧？）
（不過，可能會說房總半島喔。）
（如果您繼續打岔，我就不說了。接下來是很正經的場面。）
實際上，我反射性地採取逃避行動。
紅色雙眼的注視令我畏懼，她臉上露出的微笑令我渾身發抖，我忍不住想拔腿逃跑。我的職責明明是被吸血鬼抓走，我卻做出可能放棄任務的行動。
真的是外行人。只有知識不斷累積，完全不適合實踐。
難怪會被小扇瞧不起。
只是，雖然稱不上運氣好，但是當我忍不住拔腿要跑而轉回正前方的時候，我的雙腿驟然停止。
夾擊。
直到剛才絕對沒有任何人的前方，同樣有個金髮紅眼的怪異存在於那裡——矗立在那裡。
如同進逼的高牆，矗立在那裡。

註4　日文「充血」與「千葉縣」音近。

如同和後面身穿漆黑禮服的吸血鬼成對，正面的吸血鬼身穿純白燕尾服。還時尚地打上蝴蝶領結。

同樣以充血的雙眼注視著我，淺淺一笑。利如刀鋒的微笑。

（原來如此，龍鳳雙胞胎嗎……這就更稀奇了。）

（不，現在回想起來，老實說，無法斷言是不是一男一女……為求方便，我接下來用「她」或是「他」來稱呼，但是當時沒能確定性別。他們兩個都非常美麗，簡直超越性別的界線。）

（這樣啊。哎，這以怪異來說不稀奇。不過該注意的是他們有分工合作。）

（分工合作……）

（各自擔任雌性與雄性……雖說是只有兩人的社群，但還是可以認定他們具備相當的社會性。真令我感興趣。）

（社會性……或許吧。基於這層意義，和小忍大概截然不同。）

雖然看起來都像是和我年紀差不多的十幾歲少年或少女，但因為對方是吸血鬼，所以外在沒什麼意義吧。

重要的是內在。

麻煩的是內在。

即使不像小忍已經五、六百歲，肯定也是無法從外貌想像的長壽。

後來我實際感受到這一點。

如果參考德拉曼茲路基先生的說明，那麼黑暗禮服的少女是「海維斯特」，白光燕尾服的少年是「洛萊茲」，但我不認為這樣的區別有什麼意義。

以我為中心、成功取得相對位置的他與她，看起來只像是異體同心。

四顆紅色的眼睛包夾我。

四顆紅色的眼睛阻擋我。

被雙胞胎吸血鬼前後瞪視的我，就像是釘在原地般動彈不得，甚至無法因為恐懼而發抖。

只不過，雖然我說雙胞胎注視著我，瞪視著我，不過這個說法的正確度還有待商榷。

我甚至覺得視線其實直接穿過我，他們眼中只有彼此。

「海維斯特」眼中只有「洛萊茲」。

「洛萊茲」眼中只有「海維斯特」。

即使位於視線上，我卻覺得像是完全被無視。

總之，如果他們在這個狀況願意無視我，可以說是再好也不過了，但是事情終究沒那麼順心如意。後來，我被抓走了。

到這裡都按照計畫進行。

不過，只到這裡。

007

我沒能認知到自己是怎麼被抓的。

雖說我的職責是被雙胞胎抓走，不過即使想抵抗也肯定會失敗吧。

不，會成功吧。

我就像是行李，被兩人扛著來到不可能存在的城塞都市，進入坐鎮在中央的古堡，然後被扔進地牢。

雖然不是遭到粗魯對待，卻也感覺不到稱得上鄭重的貼心。只不過，當他們將我留在牢裡離開時，我打從心底鬆了口氣。

這不是第一次面對怪異現象，也不是第一次面對吸血鬼，進一步來說，像這樣硬是被抓走也不是第一次，不過，看來這種事不會習慣。

心臟激烈跳動，無法安分下來。

（不過習慣了才危險。）

（即使是忍野先生您這樣的專家也是嗎？）

（嗯。應該說，我不想習慣。無論什麼事，無論什麼工作，一旦覺得習慣就是該收山的時候。不過，班長妹，聽妳說到這裡，好像完全沒發生問題？）

（嗯，算是吧。雖然自己這麼說不太對，不過我以誘餌身分被抓走的表現，我自認相當像樣喔。）

（哈哈，就像是碧姬公主吧。）

（不過在最近，碧姬公主好像也不會老是被抓走喔。）

（也就是說，出差錯的是德拉曼茲路基那邊嗎？該不會把班長妹當誘餌，自己卻跟蹤失敗？以釣魚來說，就是只有餌被魚吃掉。如果是這樣，可以說他犯了專家不該犯的錯。）

（不是這樣……德拉曼茲路基先生沒在那時候失敗。他萬無一失跟著被雙胞胎抓走的我，在虛構的城塞都市出現之後順利入侵成功。）

（成功突破結界是吧。老實說，既然做到這一點，我覺得他的工作已經等於成功……換句話說，他的入侵被偵測到了嗎？）

（那個……）

總之，大致說來就是這麼回事。依照原本的計畫，德拉曼茲路基先生應該會對雙胞胎先下手為強，卻反而被先下手為強，對方同樣以夾擊的形式進攻，然後他就成為階下囚了。

我原本認定只要等待得救，在石地牢維持鎮靜的時候，「海維斯特」與「洛萊茲」合力將高大的專家扔進來，我不禁目瞪口呆。

老實說，我沒想過這種狀況。

我因而體認到，我一直潛意識認定專家不可能失敗。認為只要我這個外行人完成職責，之後一切都會順利成功。回想起來，我將太多事情託付給德拉曼茲路基先生。

明明在非得和外行人共事的時間點，這項任務對他來說就相當反常。

不再是標準規格的任務。

成為守則不管用的工作。

那麼，某方面說也是我害他失敗吧。

（不，哎，這時候班長妹想負起責任也完全不對。只要將外行人納入計畫一次，責任就在德拉曼茲路基那邊。不過我也沒資格數落別人，我也曾經害班長妹遭遇危險。）

（既然這麼想，請現在就二話不說去救阿良良木，當成還那時候的債吧。）

（哎，這件事已經一筆勾銷了。）

（不過是在我不知道的時候一筆勾銷的……）

（這時候我就不多說什麼，聽妳說下去吧。）

（您至今打岔很多次吧？）

（不提這個，德拉曼茲路基為什麼搞砸任務？就我聽妳的說明，應該沒有失敗的要因才對……雖說人數上是對方有利，地利也在他們那邊，不過雙胞胎是吸血鬼，德拉曼茲路基是吸血鬼專家。這是他這個專家專長領域中的專長領域，所以既然他認定有勝算，就不是不利的賭博，肯定有八成以上的勝算。）

這是當然的。

不只是對我來說，對於德拉曼茲路基先生來說，這項計畫最困難的步驟也肯定已經完成。

這次的作戰因為拿我當誘餌，所以譬喻為釣魚，不過形容成狩獵比較正確。說到釣魚和狩獵的差異，「奪走其他生物的性命」這一點當然相同，不過如果是狩獵，反過來被獵殺的可能性也不是零。話是這麼說，但德拉曼茲路基先生是專家，不是我這種外行人，當然早就預料到這一點才對。

早就計算被獵殺的風險才對。

不可能粗心大意才對。

這座城塞都市是雙胞胎的根據地，是敵方陣地，所以當然要預料到所有可能的危機狀況。不過即使如此，也可能發生超乎預料的事態。

而且，這不是危機狀況。

是比預料中更「好」的狀況。

「我找機會要除掉『海維斯特』與『洛萊茲』的時候，發現原本以為早就全部遇害、被雙胞胎抓來的倖存旅行者。我引導他們逃出結界，然後遭到暗算。」

德拉曼茲路基極為平淡地分析自己的敗因。不，既然成功救出倖存者，引導他們逃出結界，要說這是敗因也不是完全正確吧。

不過計畫出現破綻了。

所以德拉曼茲路基先生應該沒以專家身分後悔，更沒把自己的行為視為恥辱吧。倖存的盡是稱不上年輕旅行者的幼童，所以我也不想責備他判斷錯誤。

雖然不想責備，但現狀並未因而獲得救贖。就這樣，我和德拉曼茲路基先生被幽禁在古堡地牢。

008

「不可能逃獄成功。死心吧。」

我繼續檢查牢房的時候，德拉曼茲路基先生語重心長這麼說。在他眼中，我這個外行人應該完全是死到臨頭不服輸吧。

「我的意志將會由那群孩子繼承吧。只要組織收到通知，就會派遣後續的戰士。『海維斯特』與『洛萊茲』被除掉已經是既定的未來。雖然和想像的形式不同，但我完成工作了。這是最好的結果。」

「……………」

這個人也太容易看開了。

難道是開悟了？

而且在他將未來託付給孩子們之前，希望他稍微考慮到我完全沒達成目的。

（哎，以他的狀況，人生觀完全不一樣。應該說他基於立場看得比較長遠，而且行事非常激進。既然成功救出複數受害者，即使犧牲班長妹一個人，加起來也是有賺不賠。他應該是這樣計算的吧。）

（因為是專家嗎？）

（沒錯，因為是專家。和阿良良木老弟的那場戰鬥，他之所以斷然收手，也可以說多虧這種計算能力所賜。）

「……要是死心，就只會在這裡被吃吧？」

「就算沒死心，也會在這裡被吃。那麼早早死心比較不會過於後悔。」

這或許是他身為戰士的建議，但我實在難以接受。

「雖然沒能履行和妳的約定，不過放心，既然是刃下心的眷屬，深陷什麼樣的困境都能獨力克服吧。」

「…………」

看來德拉曼茲路基先生因為專業意識過高，精神力過強，面對任何事情都傾向於以「心態」克服。

這大概是一種美德，但我不能接受。

「我不死心。」

我嘆口氣這麼說。

「我不能死在這種虛構的世界。即使阿良良木最後是自己救自己，我也想加入成為一分子。」

「……妳想要名譽？『成為朋友助力』的名譽？」

他的說法像是對我死到臨頭不服輸的行徑傻眼至極。不過，嗯，總之，我並不是不想要。

這份名譽，我很想要。

但也不只如此。

要是得知我在這種地方被吸血鬼吃掉喪命，阿良良木與戰場原同學不知道會多麼失望。想到這裡，我就沒辦法這麼輕易捨棄生命。

如果我這時候沒有垂死掙扎，就代表我的朋友沒有看人的眼光。這是我唯一想避免的結果。

（了不起的毅力。我在這種狀況大概會早早死心吧。）

（請不要說這種想都沒想過的事。如果是忍野先生，在這之後也會試著和雙胞胎吸血鬼交涉，讓自己活下來吧？）

（哈哈，既然知道這一點，妳當時應該也做過相同的事吧？但妳說沒有順利成功，這代表接下來的進展超乎妳的預料。）

（…………）

「哎，說得也是。如果妳運氣好，或許可以成為雙胞胎的眷屬。」

德拉曼茲路基安慰般這麼說。真要說的話，這個結果應該要說我運氣差。

「以我的狀況，應該沒這種希望。他們肯定會拷問我，問出組織的情報。不過，沒問題。因應這種狀況，我的臼齒藏了自殺用的毒。」

「德拉曼茲路基先生……您沒有更樂觀一點的展望嗎？」

我忍不住這麼說。

對方怎麼想都比我年長，又是專家，我或許不應該講這種話，但他在同一個房間釋放這種陰沉氣氛，害我連妙計都想不出來。

我的腦袋原本就轉不快了。

（哈哈，我第一次聽到有人正確使用「陰沉」這個詞。我一直以為只會拿來玩「喜歡蕎麥麵勝過烏龍麵」的諧音。）

（不，可是室內氣氛真的就是這種感覺。）

「樂觀的展望？」

德拉曼茲路基先生抬起頭，就像是第一次聽到這種字眼。

「是的。這次該反省的也是這一點吧？如果我們一開始就料想到『有人生還的狀況』進行誘餌作戰，就不會反而遭到暗算吧？」

「…………」

「如果總是料想最壞的狀況採取行動，或許可以迴避最壞的狀況沒錯，但是這樣就無法達到料想之中最好的狀況吧？想抓到機會，就必須預先設想有哪些機會才行。」

人如果無法想像自己幸福的樣子，就無法變得幸福。我深刻認為正是如此。

「要進行順心如意的預測。像是突然有人來搭救之類的。如果沒這麼做，救星前來的時候就抓不到他的手。沒錯吧？」

老實說，我這麼說與其說是反駁或表明信念，更像是有點不高興地對抗德拉曼茲路基先生過度陰鬱的樣子。

「這樣啊。既然妳說到這種程度，那這個也給妳吧。」

不知道他是怎麼接受我這番話，他這麼回應，然後像是掏零錢般，隨手從口袋取出一個東西——是荊棘的刺。

009

「出來。」「。來出」

不久，雙胞胎來到地牢，留下德拉曼茲路基先生，只帶我出來。我在這時候第一次聽到「海維斯特」與「洛萊茲」的聲音。

不，他們抓我的時候也交談過，卻沒對我說話。當時我解釋成「天底下沒人會和食物交談溝通」，難道是我的誤解？

總之，我被帶出牢房。

看來正如我的猜測，那裡不是長期幽禁用的牢房。只是真的要說的話，這是我想像的最壞結果，所以實在不能說很高興自己猜對。

（也就是班長妹被當成宵夜帶出牢房？）

（以時間來看幾乎是清晨了。不過這也不算是早餐。）

（？）

老實說，雖然是為了阿良良木，但這次協助德拉曼茲路基的工作，要說我毫不抗拒是騙人的。

無論是釣魚還是狩獵，如先前所說，「只因為是吸血鬼就除掉」的做法令我抗拒。而且即使雙胞胎吸血鬼「海維斯特」與「洛萊茲」基於「會襲擊人類」這個名義必須除掉，我內心也不是毫無迷惘。

記住人類味道的肉食動物會被處理掉。

進行「殺害」的處理。

聽到這種說法就能自然接受的嚴苛世界觀即使存在，我至今也沒在這種世界觀吃過東西，而且這輩子只有一直累積知識的我，認為食物鏈是大自然的法則。

既然人類會吃其他生物的生命，那麼人類被其他生物吃掉，就某方面來說也是無可奈何。我以這種邏輯思考。

到頭來，我在「吃」這方面也受過戰場原的嚴厲指摘。

所以我不認為雙胞胎的罪孽如此深重。「抓走旅行者」就人類看來是難以原諒的惡行，不過站在吸血鬼的角度思考，就稱不上難以原諒。

可以為了拯救阿良良木而犧牲雙胞胎吸血鬼嗎？我難以判斷。

有所迷惘。

（這種事，不管班長妹要不要協助，在認定有害的時間點，雙胞胎就註定會面臨什麼命運了，所以不需要想太多吧？）

（是的，當然是這樣，一點都沒錯。所以這就像是一種內心的假糾結。反正肯定會以阿良良木為優先。）

（不過，在協助進行誘餌的時候，妳心裡有這個放不下的想法是吧。）

（不是放不下的想法，是放不下的人。）

這種猶豫是沒必要的東西。

既然是活下去所需的進食與營養補給，或許應該認定是彼此彼此，即使被吃也必須接受，認定這是大自然的法則。這或許就是真正的死心吧。

畢竟我甚至想過，如果是被阿良良木吃掉也無妨。在這裡被雙胞胎吸血鬼吃掉結束人生，或許也是一種選擇。

前提在於雙胞胎是為了「吃」而抓人。

（……所以不是為了「吃」？）

（嗯，是為了「玩」。）

（為了「玩」？）

（為了「玩」。）

我被帶到的地方，不是用來進食的餐廳。在像是遊戲室的大房間裡，我還在不知所措的時候，就被仰躺綁在撞球檯上。

而且雙胞胎果然隔著這樣的我，以點對稱的方式站在撞球檯的兩側。如果我是被綁在餐桌上，不必想像就知道接下來會發生什麼事，但是綁在撞球檯上就完全不明就裡。

不，既然沒有讓球落下的洞，正確來說應該不是撞球檯……不過雙胞胎吸血鬼親切地對我說明接下來要做的事。

說明究竟要用綁在檯上的我玩什麼遊戲。

（不是有一種「倒桿遊戲」嗎？他們好像要用我玩那個遊戲。）

（倒桿遊戲？運動會在玩的那個？）

（不是，是在海岸或沙地玩的那個。堆一座沙山，在正中央插一根桿子……然後輪流挖沙山，桿子倒了就算輸的那種遊戲。）

（啊啊，這種遊戲我就知道。感覺阿良良木老弟經常一個人玩。）

（應該沒有經常一個人玩吧……）

（既然弄倒桿子的算輸，感覺應該叫做「不倒桿遊戲」才對。不過，要怎麼玩？在撞球檯上玩？而且是用班長妹玩……）

（所以說……）

遊戲規則幾乎和原版相同。

把沙山當成我，把桿子當成我的性命，這樣就比較好懂。他們從兩側輪流挖我的身體，輪到誰的時候我死掉就算輸。

雙胞胎如此說明。

不只用德語，還周到地也用英語說明一次。就像是重點在於必須讓我理解遊戲內容再玩。

不是「吃」。

是「玩」。

玩弄其他生物性命的行為。

如果他們抓走人類是拿來像這樣玩，我實在無法接受。

被抓的旅行者有人活著，這個料想之外的非正常狀況，令德拉曼茲路基先生一時大意，但我也知道其中的原因了。之所以只有幼童活著，總歸來說就是因為身體太小，肉長得不多，而且容易死掉。

因為不適合當成玩具，所以湊巧活下來。

就是這麼回事。

反過來說，旅行者之中大多是十幾歲的人被抓，原因在於生命力比較強，比較能撐，可以玩得比較久。

只因為這個原因。

我被抓只因為這個原因。

「…………」

我感受到強烈的怒火。

這是激烈的情緒怒濤，完全超過臨界值，以前的我絕對無法懷抱在心吧。

這種東西，我昔日居然全部塞給「那孩子」。

我對此只感到後悔。不過，這種後悔今後必須由我懷抱在心。

如同緊抱入懷。

「海維斯特」似乎選擇先攻，比「洛萊茲」先著手挖我的身體。她隨手抓住我的右胸。

住手。給我放手。

只有阿良良木可以摸那裡。

我用力咬下臼齒。

010

「這根荊棘的刺，對我來說只是劇毒，是自殺用的物品，不過對妳來說或許不是。如果到了即將被吃的階段，妳無論如何還是無法死心，無法捨棄這種樂觀的展望，為了因應這一刻，妳就和我一樣把這個藏在臼齒吧。」

「……咬下這個的時候，會發生什麼事？」

「天曉得。我不知道。雖然不知道會發生什麼事，卻會發生某件事。就是這樣的物品。我打算在覺悟一死的時候使用，但妳就在想活下去的時候使用吧。」

我們進行過這樣的對話。

老實說，我不認為會用到，但還是照他所說，將這根刺藏在臼齒。看來我或許已經想像到這樣的未來。

這麼一來，我所在的德國也可以說是一種象徵。不用說，這裡是「睡美人」的舞台。

在古堡持續沉眠一百年的公主。

我不想和這樣高貴的公主相提並論，在不是床的撞球檯上，也無望獲得王子的吻，不過即使如此，還是覺醒了。

（覺醒了？沉眠的能力嗎？真厲害，簡直是少年漫畫的劇情。）

（是的話該有多好……這不是那種令人滿心期待的進展，應該說正是德拉曼茲路基先生的喜好，現實又悲觀的邏輯歸結……）

我聯想到的是「睡美人」，不過對於專家德拉曼茲路基先生來說，荊棘的刺無疑是消滅怪異的物品。和十字架、大蒜或銀製武器一樣，用來驅魔的植物摘下的刺。

說到為什麼可以當成自殺用的物品，因為德拉曼茲路基先生自己是吸血鬼。身為吸血鬼卻獵殺吸血鬼，同類相殘的專家……這就是德拉曼茲路基先生的真面目。

（啊啊，這麼說來，好像是這樣沒錯？）

（請不要假裝忘記。這是前提吧？是大前提吧？所以那個人才會拉攏阿良良木吧？）

（由此看來，「為了雙胞胎著想」又「不是為了人類著想」的說法，直接從字面解釋就可以吧。）

所以，用來消滅吸血鬼的物品，對他來說是武器，同時也可以成為自殺用的物品。只要藏在臼齒，真的就和藏入氫酸鉀沒有兩樣。

不過，這是只對吸血鬼生效的「驅魔利器」，對於身為人類的我——有時是誘餌、有時是玩具的我，是否只是毫無意義的植物碎片？那可不一定。

那可不一定。

（那可不一定？）

（是的……這件事，您該不會也假裝忘記吧？肚子被挖掉一半而差點沒命的我，之所以被吸血鬼的血救回一條命，都是多虧忍野先生吧？）

吸血鬼的血。

側腹整個被挖掉，只能等死的我——以這種方式得救。

據說如此。

說來遺憾，我沒有當時的記憶。

（哎呀～我沒救妳喔。小妹妹，妳只是自己救了自己。真要說的話，是阿良良木老弟救的。）

沒錯。

這裡所說的「吸血鬼的血」，是當時還是吸血鬼的阿良良木之血。進一步來說，也意味著是姬絲秀忒·雅賽蘿拉莉昂·刃下心之血。

鐵血、熱血、冷血的吸血鬼。

怪異之王的血液，是構成我身體的要素。

化為血，化為肉。

化為骨骼，化為臟腑。

若要深入解釋，也可以認定正因為埋入這種構成要素，才會在春假結束的黃金週引出「障貓」這個怪異，不過基本上，這個要素一直潛伏在我體內。

也可以說成「沉眠」在我體內。

那麼，以荊棘的刺來刺激這樣的血與肉，刺激這樣的骨骼與臟腑，會發生什麼事？

雖然不知道會發生什麼事，卻會發生某件事。

如果是一般的吸血鬼，受到驅魔之刺的刺激，或許只會受傷。依照狀況，可能會成為單純的自殺。

不過，我的血來自姬絲秀忒・雅賽蘿拉莉昂・刃下心。吸血鬼的弱點已經大致克服，貴重種中的貴重種。

德拉曼茲路基先生說「不知道會發生什麼事」，這句話可以按照字面上的意思照單全收。沉眠的怪異殺手之血要是覺醒，實際上，即使我的身體因而四分五裂也不奇怪。

（沒錯。這不只是不利的賭博，更是危險的賭博。居然要賭上性命，那麼班長妹，妳這樣不就是重蹈覆轍嗎？）

（是的，關於當時氣到不顧一切，我已經在反省了。不過，畢竟是在遊戲檯上即將被挖走的生命啊。）

（所以，發生了什麼事？）

正確來說，我不知道發生了什麼事。

依照德拉曼茲路基先生後來以專家身分的分析，我的身體受到荊棘刺的刺激而瞬間活化，短時間內發揮吸血鬼之力。那麼當時的我，或許不是化為白髮而是金髮，不是化為貓眼而是金眼，不是長出貓耳而是獠牙。

這種角色造型，我實在不敢照鏡子，幸好鏡子照不出吸血鬼。

總之，當我清醒的時候，我就像是無視於遊戲檯的拘束般掙脫，壓在雙胞胎吸血鬼身上。最不清楚發生什麼事的或許是我。

（嗯嗯，像是少年漫畫的打鬥場面全部剪掉是嗎……想必也是如此吧。即使同樣是吸血鬼，而且同樣是貴重種，姬絲秀忒・雅賽蘿拉莉昂・刃下心也完全屬於不同次元。）

（但我記得某人曾經從這個不同次元的吸血鬼胸口挖走心臟？）

（哎呀，這人是誰啊？真是了不起……不過班長妹，妳明明在高風險的賭博獲勝，在危機之中活下來，怎麼一副鬱鬱寡歡的樣子？）

（…………）

（後來局勢再度逆轉嗎？）

沒有。

敵我實力有著壓倒性的差距，所以沒有逆轉，也沒有逆襲。

雙胞胎吸血鬼「海維斯特」與「洛萊茲」，以像是看見妖魔鬼怪的眼神，以充血的雙眼注視我。

這次真的不是注視彼此，而是注視我。

「妳是什麼人？」「？人麼什是妳」

他們這麼問。

「專家嗎？」「？嗎家專」

「還是吸血鬼？」「？鬼血吸是還」

「不，我是日本的女高中生。」

我這麼回答。

「我希望可以協助自己喜歡的男生和好友一起幸福……」

「…………」「…………」

雙胞胎像是完全無法理解般，聆聽這個明快的回答。

下一瞬間，他們不做任何討論，也不打任何暗號，咬向彼此。

我來不及阻止。

雙胞胎朝彼此身體插入利牙，吸彼此的血，吃彼此的肉。我只能看著這幅壯烈的光景。

沒錯，我肯定知道。

因為剛好知道，所以肯定知道。

我聽過，吸血鬼的死因九成是自殺。

因為無聊，因為厭世而自殺。

光是這個原因，即使是昔日發揮壓倒性實力，傳說中的怪異殺手——姬絲秀忒・雅賽蘿拉莉昂・刃下心，也是立志自殺的吸血鬼。

為了自殺而來到日本。

無聊會殺死人，無聊也會殺死鬼。

（……雖說只有人類會以食用以外的目的奪走其他動物的生命，但是若要這麼說，也只有人類是知道遊戲的生物，知道如何以遊戲排解無聊。不過，這或許也佐證人類不玩遊戲就活不下去。所以，遊戲遭到妨礙的「海維斯特」與「洛萊茲」，文化與嗜好被沒收的雙胞胎，毫不猶豫選擇自我了斷。）

「不准玩遊戲」等同於「不准活下去」。

當然，就算這麼說，我也不能在這裡當玩具，他們也不該抓旅行者當玩具。

不過，若說雙胞胎罪孽深重，將他們逼得必須互食消失的我，同樣應該說罪孽深重吧。

強迫罪孽深重的他們禁慾，這樣的我貪婪至極。

011

「……大概就是這樣。雖然沒什麼特別的結尾，不過您覺得如何？」

我在最後說「感謝您的聆聽」，忍野先生回應「很有趣」。與其說他覺得內容有趣，應該說他覺得我這個人很有趣，總之能博得他的歡心就好。

「和阿良良木老弟在各處加入自己情緒的敘事不一樣，班長妹的敘事富含啟發，很像妳的風格。可以說是啟發，也可以說是挖苦。我這個專家也從妳身上學到不少東西。」

「不敢當……我只體認到自己才疏學淺。」

但現在不是感到羞恥的時候。

「那……那麼忍野先生，既然已經說完，接下來請和我一起回日本……」

「不過，班長妹的故事，並不是在這裡結束吧？」

忍野先生說完，從懷裡取出一根菸，沒點燃就叼在嘴上。

「荊棘刺的刺激，使得潛伏在班長妹體內的刃下心，像是急性反應那樣暫時覺醒，不過現在的妳，甚至沒讓我感覺到這種沉眠的要素。完全是妳自己。」

他接著這麼說。

「…………」

「看來，在抵達這裡之前，在見到我之前，妳好像將沉眠的資產……更正，將沉眠的血用光了。那麼，妳後來也體驗到各種事件吧？」

關於這方面的原委，我務必想聽個痛快。

只要時間允許。

忍野先生以戲謔的語氣這麼催促，逼不得已，我決定說下去。

「我想想……後來德拉曼茲路基先生按照約定，向組織打聽情報，我基於這份情報造訪的下一個國家是……」

故事永無止境。物語也永無止境。

我為阿良良木踏上的這趟奉獻之旅，依然看不見終點。

後記

「沒有麵包吃，就改吃蛋糕啊」據說是瑪麗．安東妮王妃說的，不過她其實沒說過這句話的樣子。這種例子還滿多的，像是織田信長沒說過「杜鵑不啼則殺之」，湯瑪斯．愛迪生說的「天才是百分之一的天分加上百分之九十九的努力」是另一個意思，拿破崙皇帝說的不是「我的字典沒有『不可能』『這三個字』」，而是「法語沒有『不可能』這個詞」，不勝枚舉的這些例子不是因為屬於少數例外而聞名，歷史上的名言大致上都是後人憑想像流傳下來，如果詢問本人，他們大概都覺得相當無奈吧。愛迪生那樣建立正面形象的狀況就算了，像是織田應該會感到遺憾，或許是「喔～～原來你們認為我會講這種話啊～～」這種感覺。不過這種狀況對於小說作家來說相當麻煩，有時候佩服心想「不愧是以前的文豪，真是妙語如珠啊～～」調查之後卻發現是作品裡的對白，不知道該如何接受。感覺像是被提醒「作者與作品是兩回事，請始終當成虛構內容享受」，不過也沒真的提醒就是了。順帶一提，「不過或許真的說過，只是沒留下紀錄吧？」這種疑惑的餘地，以惡魔的證明（probatio diabolica）來說確實存在，不過瑪麗．安東妮王妃確定是一位時尚女性，很難想像她會把熱量不同的麵包與蛋糕相提並論。

總之，本書是《物語》系列第外季的第二彈。分成〈第零話　雅賽蘿拉・宴饗〉、〈第零話　火憐・逢我〉、〈第零話　翼・沉眠〉，和前作《愚物語》一樣是第零話集錦，意味著新的物語由此開始。開頭收錄的童話《國色天香姬》，是之前刊載在動畫版紀念畫冊的忍野忍前傳，也是堪稱《物語》系列原點的《傷物語》前傳，所以我認為是連接過去、現在與未來的一部作品。希望各位能無視於時間概念，像是同時閱讀複數時間軸那樣，享受四次元的閱讀樂趣。就這樣，本書是以百分之百的嗜好「喀喀！」而成的小說——《物語》系列第外季的第二彈《業物語》。請慢用！

本集封面來自〈火憐・逢我〉的幼年忍（約十歲），由VOFAN老師繪製。謝謝！這麼說來，為她取名的迪斯托比亞・威爾圖奧佐・殊殺尊主有個祕密設定，在劇中每死一次，肉體年齡就會小一點。這是敘述性詭計。雖然當事人不講就沒人知道這種事，不過特洛琵卡雷斯克應該會覺得「主人好可憐！」吧。第外季大概還會再寫兩本左右，請多指教。

西尾維新

作者介紹

西尾維新 (NISIO ISIN)

1981 年出生，以第 23 屆梅菲斯特獎得獎作品《斬首循環》開始的《戲言》系列於 2005 年完結，近期作品有《續・終物語》、《悲亡傳》、《掟上今日子的辭職信》等等。

Illustration

VOFAN

1980 年出生，代表作品為詩畫集《Colorful Dreams》系列，在臺灣版《電玩通》擔任封面繪製。2005 年冬季由《FAUST Vol.6》在日本出道，2006 年起為本作品《物語》系列繪製封面與插圖。

譯者

哈泥蛙

專職譯者。譯作有《物語》系列第一季、第二季、最終季與第外季等等。

書盒子

業物語

（原名：業物語）

作者／西尾維新　插畫／VOFAN　譯者／張鈞堯
發行人／黃鎮隆　總經理／陳君平
經理／洪琇菁　國際版權／黃令歡
執行編輯／呂尚燁　美術編輯／陳又荻
企劃宣傳／邱小祐
出版／城邦文化事業股份有限公司　尖端出版
台北市中山區民生東路二段一四一號十樓
電話：（〇二）二五〇〇七六〇〇　傳真：（〇二）二五〇〇二六八三
E-mail：7novels@mail2.spp.com.tw
發行／英屬蓋曼群島商家庭傳媒股份有限公司城邦分公司　尖端出版
台北市中山區民生東路二段一四一號十樓
電話：（〇二）二五〇〇—七六〇〇（代表號）
傳真：（〇二）二五〇〇—一九七九
中彰投以北經銷（含宜花東）／楨彥有限公司
電話：（〇二）八九一九—三三六九
傳真：（〇二）八九一四—五五二四
雲嘉經銷／智豐圖書股份有限公司　嘉義公司
電話：（〇五）二三三—三八五二
傳真：（〇五）二三三—三八六三
南部經銷／智豐圖書股份有限公司　高雄公司
電話：（〇七）三七三—〇〇七九
傳真：（〇七）三七三—〇〇八七
一代匯集／香港九龍旺角塘尾道六十四號龍駒企業大廈十樓B&D室
電話：（八五二）二七八三—八一〇二
傳真：（八五二）二七八二—一五二九
馬新經銷／城邦（馬新）出版集團　Cite(M)Sdn.Bhd.
E-mail：Cite@cite.com.my
法律顧問／王子文律師　元禾法律事務所
台北市羅斯福路三段三十七號十五樓
二〇一八年十月一版一刷
二〇二一年六月一版三刷

■中文版■

郵購注意事項：
1. 填妥劃撥單資料：帳號：50003021戶名：英屬蓋曼群島商家庭傳媒(股)公司城邦分公司。2. 通信欄內註明訂購書名與冊數。3. 劃撥金額低於500元，請加附掛號郵資50元。如劃撥日起 10～14日，仍未收到書時，請洽劃撥組。劃撥專線TEL：(03) 312-4212 ・ FAX：(03) 322-4621。E-mail：marketing@spp.com.tw

國家圖書館出版品預行編目資料

業物語 / 西尾維新 著 ; 哈泥蛙譯 . --初版.
--臺北市：尖端出版, 2018.10
面 ; 公分. --(書盒子)
譯自: 愚物語
ISBN 978-957-10-8294-3(平裝)

861.57　　107011850